林檎ちゃん　体内工場奮闘記

道具小路

DOUGU Kouji

文芸社文庫

目次

林檎ちゃん　体内工場奮闘記

日々のあなたは、まさか自分の体内でこんなことが起こっているだなんて、夢にも思っていないでしょう。あの短い対面では、とても語りつくせぬことでした。

だからこそ、少しでも私たちを覚えておいてもらえるよう、こうして手記を残そうと思います。口の悪い私ではありますが、できる限り、丁寧な言葉遣いを心掛けます。

長い文章を書くことに慣れておりませんので、所々おかしい部分があるかもしれませんが、ご容赦ください。


あなたの目に触れる機会があるかはわかりません。

でも、最後まで真心を込めて綴ります。

私の愛する、林檎（りんご）ちゃんへ。

◇

人間の体は宇宙の縮図です。

これは一見すると素敵な比喩のようですが、私たちにとっては現実であり、真実であり、真理であります。

この世を生きる人間は、まさか自分の体内に『しなぷす』と呼ばれる、細胞のような遺伝子のような、なんかよくわからない、全形0.3㎛ほどの人型の生物が蠢（うごめ）いているだなんて考えもしないでしょう。それはそうです。これまで散々いじくり回されてきた人体、いくらヒポクラテスが内臓を取り出しても、ハーヴェイが顕微鏡を睨んでも、杉田玄白が「蘭学蘭学」と叫んでも、私たちの存在は解き明かせなかったのですから。

全細胞約三十七兆で成る人間の体の中には、臓器という街があり、血管という道があり、およそ一千万人のしなぷすが形成する社会があるのです。

人の中には、もうひとつの「ひと」の世界があるのです！

……林檎ちゃん、ここまで大丈夫ですか？

唐突すぎて、眩暈（めまい）を起こしてはいませんか？

衝撃の事実にあんまりくらくらするようだったら、目を閉じて左胸を押さえ、大きく深呼吸するといいでしょう。気持ち悪くなって、私たちを排斥しようと半身浴でデトックスを始めても無駄ですよ。私たちは顔ダニの類ではない。もっと根本的に、あなたと結びついている共同体なのです。

私たちの時間は、林檎ちゃんたち人間の時間と流れる速度が違います。私たちは、犬、猫と同じように、人間よりも早く老います。

今、あなたは十六歳。私は林檎ちゃんが十四歳と六か月の時に生まれて、現在、二十歳です。あなたにとっての一年半が、私にとっては二十年なのですね。

寿命については、百歳を超える長生きしなぷすもいますし、もちろん、もっと早く死んでしまうしなぷすもいます。流れる時間の速度が違うだけで、その点は、人間と同じ感覚です。

そして、社会があるということは、生活があるということ。

生活があるということは、仕事もあるということです。

私たちは、基本的に資本主義を掲げています。日毎夜毎（ひごとよごと）、母体である人間が普通に生活できるよう、『大脳メインコンピュータ』の指示に従い、全身のいたる器官で働いています。通貨はヘモグロビンです。これは赤い小判のような形状をしています。

ここまで（かろうじて）理解できたなら、聡明な林檎ちゃんの次なる疑問は、きっと「しなぷすの仕事とは、具体的にどういうものなのか」という点ではないでしょうか？

では、母体である人間が演劇を鑑賞した際の一件を例に挙げ、私たちの仕事っぷりを追ってみましょう。

その演劇がお涙頂戴の人情物であったとしますと、まず、大脳メインコンピュータが「感動」の信号を発します。すると、信号を受け取った『大脳司令室』の署員は、全身に繋がっている室内備え付けの神経系でんわを用いて、眼瞼（がんけん）部署に「落涙」の信号を、右手腕、左手腕部署に「拍手」の信号を発します。眼瞼部署員は、眼球に設置されている蛇口を捻り、信号通りに落涙を実行します。両手腕部署員は、手腕部を構成する骨を山車（だし）として、左右、阿吽の呼吸で簡易的ねぶた祭りを行い、拍手を実現させます。

この「選択反応」という一連が完成するまでは、人間の時間で言うところの、たった〇・二秒ほど。

普段、あなたが何気なく取っている行動の全てには、実はこのようなしなぷすたちの瞬時の活躍があります。

縁の下の力持ちもといい、細胞の下の力持ち！

人間が人間たりうるのは、私たちの仕事あって初めてのことなのです。

（どうでしょう、林檎ちゃん。ここまで、ついてこれていますか？　ぼんやり、なんとなくでもいいので、あまり難しく考えずに、私たちのことを単純に「味方」と理解してくれたら十分ですからね）

しかし……悲しいかな、社会があり、仕事があり、生活があるということは、貧富の差に伴う差別とヒエラルキーがあるということです。

私たちは、脳に近い位置で働く者ほど上流階級、末端器官である足に近づく者ほど下流とされています。

私は、生まれも育ちも左足の薬指でした。

下流も下流、いわゆる「最下層」の出身です。

「利き足でもない左足の薬指って何のためにあるの？」「何かの役に立ってるの？」「ただの水虫の温床じゃないの？」「これがほんとの蛇足」「箪笥の角にもぶつけてもらえないくせに」などなど、私は幼少より様々な罵声を浴びせられ、後ろ指を指されて生きてきました。気弱な気質の母体に対し、私がこれほど激情型となったのも、そんな境遇が原因なのかもしれません。

私には、父と母、弟、飼いピロリ菌という家族があります。目も当てられないほど貧乏でしたが、些細なことにも幸せを感じる、魂に花を持つ家族です。私は皆が大好きです。大好きな人が残酷な差別意識によって虐(しいた)げられているのを見るのは、この身が裂かれるより辛いことでした。

父は、左足薬指の第一関節部で働いています。爪部の根元に繋がれた神経の大縄を引き、関節の曲げ伸ばしをするという、肉体労働です。

朝から晩まで、身を粉にして働いていた父。

そんな父の背に、空き缶と罵詈雑言が投げつけられているのを目撃した、十四歳のあの夕方。胸襟(きょうきん)を浸したあの悲しさ。あの悔しさ。あの怒りと決心……。

それからの私が、滲むどころか噴出するほどの血の努力を重ね、猛勉強の末に試験に合格し、二十歳にして一流職『大脳司令室・白血球部署』に就職できたというのは、必然の成り行きといえばそうであったのかもしれません。

下剋上、下剋上！

見ておれ、くだらんヒエラルキー！

しなぷすに巣食う差別意識改革のため、私は上っ面だけは柔らかく、けれど心の中では決勝戦の応援団長ばりに反旗を翻(ひるがえ)しておりました。

◇

この奮闘記は、「しなぷす」である私、いろりと、その母体であるあなた、林檎ちゃんにまつわるものです。

あの激動の日々を抜け、なんとか落ち着きを得た現在。

表彰式を終えたばかりではありますが、どうしても書き記したいと思い立ち、脊椎ハイムの自宅にて好物のたんぱく質ティーを飲みながら、まずは私が初めて大脳司令室・白血球部署に着任した日のことから綴り始めます。

【二】消えたヘモグロビンを追え！

脳幹に位置する大脳司令室では、約百名ほどの署員が働いています。

ここは、林檎ちゃんにわかりやすく言うならば、映画で見るＮＡＳＡの司令室のような造りをしています。前面には視覚と繋がる大画面モニターが据えられ、林檎ちゃんの見る光景を……つまり眼球から送られる映像を、逐一、把握できるようになっています。

モニターの向かいには、司令用の偉そうなお立ち台があります。某国の大統領が使うような演説台のついた、特製のものです。そこから全署員に対し、指示が飛びます。指示を受けた署員は、先にも述べた通り、各机に設置されている神経糸でんわを用いて、器官に取るべき行動の通達を出します。

「しなぷす」における最高権力者であるもろぼし司令は、人間で言うところの二十六歳。わりかし精悍な男性です。

彼は旧制高校の帽子とマントを身に着けて、下駄をカラコロ鳴らしながら、鼻歌の軍歌を癖とします。薄荷精油を好み、度々体に振りかけます。なんだか昭和初期の日本男児みたいな雰囲気ですが、酒と煙草はやりません。煙草の代わりに、いつもびいどろを咥(くわ)えていました。

そして彼は、立ち入り禁止とされている自動運転臓器『大脳メインコンピュータ』に、唯一、干渉できる存在です。お立ち台に取り付けられた大脳神経系でんわから発せられる感情信号に己の決断を混交して、いつも冷静に、的確な判断を下します。

このように紹介すると、いかにも彼は英明な好青年のように思えますが、問題なのは、いささか難あるその性格です。

着任初日、お立ち台にいる司令に挨拶をすると、彼は私を一瞥するなり「ふん」と鼻を鳴らして、開口一番に言いました。

「君。なんだ、そのぺらぺらした安っぽいスーツは」

私が左足の薬指出身であると聞いた瞬間に彼の顔色が変わったことに対しては、別に、怒りは燃えませんでした。そういう嘲笑には慣れています。

それはそうなのですが、ただ、その一言だけはどうしても許せませんでした。

記念すべきこの日、私は、母のお下がりである一張羅(いっちょうら)のジャケットを着ていました。これは母が若い頃にあつらえた年季ものでした。いたる所に菌食い穴が開いているのを、母はこの着任日のために、一生懸命、夜なべをして繕ってくれたのです。私にこれを着せる母の両手には、たくさんの絆創膏が貼られていました。その時、母は何も言いませんでしたが、目にはいっぱいの涙が溜まっていました。

そんな母の想いが込められた服を馬鹿にされたというのは、母そのものを馬鹿にされたということに他なりません。

これは、私の激情スイッチを押すに十分な理由でした。

「一国の長が、見た目でひとを判断するのはいかがなもんでしょうか」

私は司令を睨みつけて言いました。

司令室の空気が凍りつき、これまで満ちていた活気と喧騒がぷっつり途切れ、全署員の視線が私に注がれました。

「衣服がどうだろうが、仕事には関係ないでしょうがよ。違うか、おいこら！」

司令は私の第一声で面喰らっていましたが、この第二声を受けて「ヒェ」と声を漏らしました。そうして後ずさりし、お立ち台を踏み外して盛大に転びました。咥えたびいどろが速い呼吸に合わせてポヘポヘ鳴ります。怖気づいているのは誰が見ても明白でした。

間に、先輩署員のだいごろうさんが割って入り、「コラ、いろり君！」と私を叱りました。

「司令は冷静な態度の割に腰が抜けるほど打たれ弱いんだから、大声を出してはいけないよ！」

しなぷすの長は世襲制です。だからこそ、弱冠二十六歳という若さでもろぼしさんは司令になりました。

ただ、先代であった父の外柔内剛と勇往邁進を受け継いでいるのかと問われれば「いないよ」と答えるしかないほど、彼はヘタレなのでした。普段は何とか虚勢を張って威厳を保っていますが、ひとたび突かれるとメッキが剝がれてたちまち本質が顔を出します。彼は外剛内柔の臆病微進だったのです。

そんな司令は、私の所属する白血球部署のトップも兼任しています。「こんなんが上司で大丈夫なのか」と気を揉んでいると、「こんなんが部下で大丈夫なのか」という表情をした司令と目が合いました。

「司令はあらゆるしなぷすの中でも、一番に大脳メインコンピュータの影響を受けやすいんだよ」

だいごろうさんは、司令室の右奥にある扉を見遣りながら言いました。

鉄の鋲(びょう)の打たれた、重々しい存在感を漂わせる扉……。

私たちにとっての聖域である、林檎ちゃんの『自我』に繋がる扉です。

「だから司令は、林檎ちゃんの気弱気質が自分にも出ちゃってるんだ。堪忍してやってくれ」

そうしてだいごろうさんが低頭するので、なんだか私も申し訳なくなって頭を下げ、その場は一件落着となりました。

これは偶然にも、林檎ちゃんの高校の入学式と同じ日の出来事でした。

私から見た林檎ちゃんについて語ります。

林檎ちゃんは、それはそれは優しく、それはそれはへっぽこな乙女であると思います。

この春から高校生になったということで、社会的肩書きはひとつ上がりましたが、精神的ならびに身体的成長はひとつも見られません。ちんちくりんな体をぽてぽて、短い黒髪をふわふわ、真ん丸な顔と瞳をくるくるさせて、静かな湖を行く小舟のように、日々をのんびり生きています。争いごとを心から嫌い、常に平和を求めています。敵意を向けられるとすぐに泣き、「ごめんなさい量産機」となって、穏便な解決という脱出路を駆け抜けようとします。

趣味は、いい具合の木陰を探す練り歩き。そこらに座っているだけで、小鳥が寄ってきますね。好物のどら焼きをあげようとして、横からカラスに全て持っていかれますね。

でも、林檎ちゃんは決して怒らない。悲しみを平和主義の理念でへし折って、その残骸を溜息で吐き出します。

母体に対してこう言うのも何ですが、私はそんな林檎ちゃんに対し、たまにいらいらします。「もっと男らしく生きやがれ！」と、虚空に向かってしばしば叫びます。「そもそも林檎ちゃんは女の子じゃないか」と、司令は言います。そんなことはわかってる。こちとら気概の話をしているのだ。

私は、ヘタレでなよなよしている態度というものがどうにも苦手です。私も女の子であるし、そもそも元を辿れば林檎ちゃんという土壌からタケノコ的に生まれた身であるのに、どうしてこうも相反する性格になってしまったんだろう。これも人体の不思議のひとつなのでしょうか。

平和を何よりも重んじて、波風立てず、噂を立てず、争いを避け、注目を避け、日向を嫌い、非凡を嫌い、目立たぬよう、目立たぬよう生きている。普通という枠の中に納まることを何より安心に感じる。

そのように、まるで冬眠するリスのような性分の林檎ちゃんですから、それはもう、普段の私たちの仕事は少ないものでした。活動的な人間の体内にいるしなぷすに比べたら、すずめの涙程度の仕事量しかないでしょう。

ですから基本的に、林檎ちゃんの体内にいるしなぷすは怠惰です。いや、怠惰というか、仕事に対する情熱と、差別に対する反骨意識がとても低いのです。「のらりくらり、生きているだけで十分ですわ」という思想がしなぷす中に蔓延しているようです。これは良いように言えばのんびり屋さんで済みますが、現実的に言えば向上心のない生ける屍(しかばね)の精神です。

あれは、まだ私が大脳部署に勤務する前。

胃街(いまち)の路地裏にある立ち飲み屋『ぺぷしん』を訪れた際のこと。

奥の席でぼんやりビタミンCハイを舐めていると、カウンターに座っている、薄汚れたつなぎを着、顔を真っ赤にした中年男性しなぷすふたりの、こんな会話が聞こえてきました。

「いやあ、今日も左ふくらはぎの筋肉開発工事は終わらんかったなあ」

「終わるも何も、まだ土台となるたんぱく質土嚢さえ組み切れてないよ。予定より二週間も遅れとる」

「そうだっけ?」

「そうとも。こんなんだから、林檎ちゃんは成長が遅くてちんちくりんなんだ」

「でも、本人だってそんなに筋肉の発達を望んでいないじゃないか。遅れたって別に構わんとも」

「ううん。まあ、それもそうかあ。あはは」

そうしてふたりは乾杯。

その時、突然、店のドアが乱暴に開かれました。

注目の中、暖簾（のれん）を潜ってぬうっと現れたのは、ぶくぶくに太った三人の男しなぷすたちです。

私は「あっ」と思いました。

首から提げた彼らの署員証にあったのは、『舌室（ぜっしつ）・味蕾（みらい）部署』という文字。

予想通りでした。彼らは「舌」という、林檎ちゃんの中でも一番に食物に触れる器官に勤務しているため、全しなぷすの中でもとりわけブタなのです。

太った男たちは店内を見回し、嘲（あざけ）るような笑みを浮かべます。ひとりが「しょうもない店だな」と言いました。店主のおじさんがへこへこと頭を下げ、先ほど乾杯をしていた中年男性ふたりの隣席を勧めました。

「とりあえず、この店で一番高いの」と、額のギトギト汗を拭いながら、太った男のひとりが言いました。

店内には、重い空気が流れていました。

「舌」という脳に近い位置住まいの上流階級が、こんな胃の場末の立ち飲み屋に来ることは滅多にありません。それに、彼らはグルメです。このきたねえ店のしょっぱい料理に、何の価値を見出しに来たというのでしょうか。

「どうせ、自分らを馬鹿にでもしに来たんだろ」……私を含めた客全員の頭上には、そんな思考の吹き出しが漏れ出ていました。

しばらくして、店主が恐る恐る、でんぷんのうま煮の入った鉢を出しました。

太った男たちは、割箸で料理をチラリと舐めて、味わう間もなく「まずい！」と吐き捨て、

「なんだ、この生ゴミみたいなの！　下流のしなぷすはこんなもん食ってんのか！」

そして、鉢をひっくり返しました。

料理が隣席にぶちまけられ、「この野郎！」と、中年男性が立ち上がりました。

太った男は、中年男性の提げた署員証が『左脚室・脹脛（ふくらはぎ）部』とあるのを見るや、ニタッとします。

「何だ、左脚のふくらはぎ野郎が。舌勤務の俺に、何か文句あんのか？」

すると中年男性はたちまち意気消沈して、ドサリと席に腰を下ろしました。

「一生、林檎ちゃんにあんまり多用されない筋肉でも開発してろ、ばあか！」

太った男たちはそう言って笑い、店主に乱暴にヘモグロビンを投げつけて、店を出ていきました。

静寂に満たされた店内で、でんぷんのうま煮塗(まみ)れでがっくりと項垂(うなだ)れる中年男性に近寄り、私は「どうして言い返さなかったんですか？」と尋ねてみました。

彼は驚いたように私を見てから、くたびれて笑いました。

「だって……俺は、あいつの言うように、しがないふくらはぎ野郎だもの。林檎ちゃんは、甘い物が大好きだろ。味蕾なくして甘味は感じられない。舌の方が林檎ちゃんの役に立っている。林檎ちゃんを喜ばせてあげられる」

そうして、私の癇癪玉を破裂させるトドメの一言を言い放つのです。

「……ふくらはぎなんかが、舌に勝てるはずないじゃない」

はい見てください、この情けない負け犬根性！

んが～！

アホか！

悔しくないのか！

「もっと頑張ろう」とはならんのか！

「自分だって、林檎ちゃんのためになる仕事をしているんだ」という誇りはないのか！

だから舐められるんじゃ！　現状に甘んずるな！　下剋上、下剋上！　サムライ、

サムライ、ハガクレ、ハガクレ！　……。

　酔いと怒りでよく覚えていませんが、私は中年男性の胸ぐらを摑んで揺さぶりながら、多分そんなようなことを言いました。

　全ての上流しなぷすが、あの味蕾部署の連中のように性根が曲がっているわけではありません。階級に分け隔てなく付き合ってくれる、優しいひともいます。

　ですが……林檎ちゃん青史十六年という時間をかけて根付いた曲事（くせごと）は、ちょっとやそっとじゃ引っこ抜けないくらいに深いものであるということも事実でした。

　大脳司令室・白血球部署に就職が決まってから、私の改革思想は勢いを増して燃え上がりました。
　左足の薬指だって、林檎ちゃんの役に立っている。林檎ちゃんのためにならないしなぷすなんて、ひとりもいない。もっともっと出世して、しなぷすの意識改革を行って、絶対にそれを証明してみせるのです！
　さて、もろぼし司令をびびらせちゃったその後。
　私の、白血球部署での勤務が始まりました。

白血球部署とは、人間界で言うところの「警察」のような役割を持ちます。

仕事としては、まず、血流に乗って移動する白血球パトカーに乗り込み、全身を隈なくパトロールすることから始まります。犯罪を行うしなぷすあればふん掴まえて糾弾し、外来より風邪菌などの敵があれば尻を蹴って叩き帰します。あんまり言うことを聞かない輩(やから)には、司令室より支給される乳酸拳銃をぶっ放し、相手を乳酸塗れにして疲労させ、動きが鈍くなったところをたこ殴りにします。こうして林檎ちゃんの体内の秩序は守られているのです。

勤務開始から一か月。

そこそこ仕事にも慣れたかな、と思えてきたある日、膵臓(すいぞう)室からとんでもない入電がありました。

『今月の給料が少ないんですけども』

その訴えを受けた司令は、すぐに膵臓室の給与明細を取って読み、返答します。

「こちら、司令のもろぼしである。給料が少ないということだが、明細の上では何ら数字に変化はないぞ」

ややあって、

『でも、先月に比べると、手取りが明らかに少ないんです。満額下ろせないんです』

「数え間違いではないのか。君たちの振り込み先はどこだ」

『臟ちょ銀行です』

「しばし待て。確認を取る」

それから司令は忙しなく動き回り、肺室にある臟ちょ銀行に連絡し始めました。私はその様子を自分の机から窺います。

やがて司令は、怪訝そうな顔をして、再び膵臓室へ向かって言いました。

「臓ちょの言うには、何も問題はないとのことだが。本当に数え間違いではないのか？」

『はい。何度も確かめたんです』

「ふむ。どういうことかな」

司令は眉根を寄せ、ペッコンとびいどろを吹きました。

へモグロビンの統括は、体内の財務省とも言える肺室の仕事です。肺室のしなぷすは林檎ちゃん産とは思えないほど優秀、勤勉で評判です。彼らがミスをしたことはこれまで一度もありません。

「実際に赴き、自身で調べるしかなさそうだ」

司令は言いました。

「もしかしたら、誰かが不正をしているのかもしれない。白血球部署のいろり君、私と共に来たまえ」

いきなりの名指しに、驚きました。

何故、私？

「私、これから費用計上の仕事があるんですけれど」

「穏やかな林檎ちゃんのしなぷすであるというのに、育ちのせいか、君は口が悪い。口が悪いというのは、高圧的追及が上手いということだ。不正を行う者あらば、君の迫力に気圧(けお)され、容易に吐くであろう」

司令はマントを翻し「費用計上は後回しで良い」と言ってお立ち台を下り、カランコロンと歩いていきました。

私がだいごろうさんに「困ったんですけど」という目線を投げると、だいごろうさんは「まあ行ってくれれば？」というふうに頷きました。

私は溜息をつき、机を立って司令の後を追いました。

この時は、まさかこの問題が林檎ちゃんの高校生としての沽券(こけん)に関わる一大事にまで発展するだなんて、想像だにしていなかったのです。

『臓ちょ銀』は、右肺室の肺胞部署にあります。

白血球パトカーを駆って間もなく、私たちは目的地に到着しました。車を降りて駐車場を横切り、南玄関から入室します。私たちに気付いた数人の署員が、訝しげな顔をしました。

人間で言うところの、市役所そのままな様相の右肺室。その室内に響くのは、パチパチと鳴るそろばんと、書類の擦れる音のみです。黙々と仕事をこなす姿の上に、署員のほぼ九割が眼鏡をかけている点からも、いかにこの部署が真面目なしなぷすで構成されているのかがわかります。

ぐるりと部署を見回していると、いかにも高学歴そうな七三分けの肺胞部長がこちらにやって来ました。

「これは司令。本日はどのようなご用向きで」

「先ほどのでんわの件である」

司令は言いました。

「実際に、この目で振込明細を確認させてもらいたい」

「はあ、それはもちろん構いません」

肺胞部長は署員にチラリと目配せし、膵臓室への今月分のヘモ明細の束を取って寄越しました。司令がお礼を言って受け取り、書面に目を落とします。

「おでんわをいただいてからも、念のために確認を取りました。ですが、やはり誤りは認められませんでしたよ。ヘモ供給毛細血管システムにも問題はありません」

「ふむ……」

司令は神妙な面持ちで、びいどろを吹きました。

「確かに、おかしなヘモグロビンの動きや、ヘモー・ロンダリング等はないようだ。……では一体、なにゆえ膵臓室の連中にうまく支給されていない」

「さっぱり見当がつきません」

肺胞部長も首を捻りました。

膵臓室のしなぷすが嘘をついて給与を水増しさせようとしているとは考えられません。一端の器官の者がいきなり司令へ直談判するというのは、人間で言うところの「警察をぶっとばして国会に電話をかける」というようなことです。小銭をちょろまかしたいのなら、リーダーに直訴して事を大きくするはずがありません。

「署員に不正をしている者がいるのではないか？　数字を改ざんして」

司令がちょっときつい目つきで言うと、肺胞部長は「まさか！」と、司令の三倍きつい目つきをしました。

「真面目だけが取り柄の我々が、そんな馬鹿なことをするはずないでしょう！」

大声にびびった司令は、隣にいる私にだけ聞こえるような声で「ウヘェ」と漏らしました。小心者なんだからそんな牽制しなければいいのに、と思っていると、司令が私の袖をくいと引っ張りました。「ほらお前の出番だよ」と言いたいのでしょう。

私は溜息を吐いて、聴取を引き継ぎます。

「随分と署員を信頼しているようですが、きちんとひとりひとりに話を聞いてみましたか？」

私がそう尋ねるのと同時に、驚くほど華麗な身のこなしで、司令は私の後ろに隠れました。女を前線につき出すという情けない行動のくせに、その表情だけは日露戦争時の東郷平八郎ばりです。何というちぐはぐな貫禄。

「無論です」

肺胞部長は少し怒ったようでした。

「皆、真っ直ぐに私の目を見て、何も変なことはしていないと言ってくれましたよ」

「眼鏡のレンズが曇ってて、瞳の奥の嘘が見抜けなかったんじゃないですか？」

「詩的に不快なことを言わないでいただきたい。私は署員を信じます」

「もう一度、全員を調べ直していただきたく思います」

「無用だ。我が肺胞部に原因はない」

「お願いします」

「断る！」

七三分けにしているひとっていうのは、だいたい頭が固い。一旦そうだと定めたことは是が非でも退かないようです。もしかしたら、私がまだまだ小娘であることも、肺胞部長が頑固を押し通す理由なのかもしれません。

押し問答は続き、なんだか埒（らち）が明かなくなってきていました。司令はずうっと私の後ろで腕組みをして、東郷平八郎しています。あなたも何か言ってくれ。

ふいに、司令の携帯神経糸でんわが鳴りました。

「失敬」

司令が電話を取ります。私と肺胞部長は議論を止め、静かにしました。

そうして司令は、しばらく携帯に向かってふむふむ言っていましたが、急に「何……！」と、声を荒らげました。何事でしょうか。

「だいごろうから連絡だ。肝臓室、腎臓室、胆嚢（たんのう）室やら十二指腸室やら、もう色々な器官にもうまく給与が振り込まれず、手取りが少なくなっているらしい」

思わぬ展開に、私と肺胞部長は顔を見合わせました。

◇

すぐさま大脳司令室に戻った私と司令は、その室内の光景に唖然としました。

まるで爆竹のようにそこら中で鳴りまくる、神経糸でんわ、でんわ、でんわ。対応に追われ走り回る署員、署員、署員。ぢりりりりん、というベルの洪水が打ち寄せ、あまりの忙しさに貧血を起こして倒れる署員もいました。眼球モニターの横にある体内環境早見表には、至る器官に「酸素供給不足」を示す赤丸が点滅しています。ヘモグロビンというのは、私たちにとっての通貨であると同時に、酸素を運搬する役割も担っているのです。

「おうい、もろぼし司令！」

私たちの帰還に気付いただいごろうさんが、神経糸でんわを小脇に挟みつつ手を振ります。

「でんわでんわで、てんやわんやです！　どこもかしこもヘモグロビンがうまく供給されておらんようで、各署のしなぷすたちから不満が爆発してます！」

「各器官の白血球派出所にも捜査を頼んでいる。原因究明中だからしばし待てと皆に伝えろ」

「そう言っとるんですが、どの連中も給料日前で相当切羽詰まってたらしく、今すぐヘモを貰えないなら、労働基準法に則ってストライキを起こすと訴えてます」

「ううむ……こいつは参ったな」

司令はマントを翻してお立ち台に上がり、室内に轟く声で「諸君、落ち着け！」と一喝しました。

署員全員が静まり、司令に注目します。

「いいか。ヘモ供給がうまくいっていない器官に対しては、ひとまず国庫から足りない分を捻出して分配しろ。ストを起こされると器官が機能しなくなり、林檎ちゃんが健康で文化的な最低限度の生活を送れなくなってしまう。それだけは避けねばならん」

その指示に、「ヘタレのくせに、やる時はやる男だなあ」と、私は思いました。財政の圧迫に尻込みしない、とても立派な林檎ちゃん至上主義です。

しかし、この司令の的確と思われた指示に返ってきたのは、とんでもない答えでした。

「国庫、今すっからかんですよ！」

会計を務める女しなぷす署員が声を上げました。

司令は訝しそうな顔をします。

「どういうことだ？」

「ここ一週間、何故だか大脳メインコンピュータの消費するヘモグロビン量が従来の三倍となっていたことはご存じでしょう？」

「ああ」

「この非常事態に、我々はこれまで蓄えていた貯ヘモを切り崩して対応してきました」

「うむ。脳にヘモグロビンが行き届かなくなったら、メインコンピュータが停止し、林檎ちゃんが人格を保てなくなるからな」

人体で何よりも大切な部位――それは、脳。

ここは、どの器官よりも大量に酸素を……ヘモグロビンを消費します。この、林檎ちゃんの思考を司る核が機能しなくなるというのは、林檎ちゃんが死んでしまうことと同じです。そして、林檎ちゃんという母体の死は、私たち、しなぷすの死でもあるのです。

「脳が落ち着くまでそうしろと命じたのは、いかにも俺だ」と、司令。

ただ、会計さんの言う「切り崩し戦法」を取っていたとしても、まだ十分に蓄えはあったはずです。私も先日、数字がいっぱいの書類をいじくっている時に、その事実を確認していました。

それがいきなりすっからかんというのは、どういうことでしょう……？

「実は……」

会計さんは、胸の前で指を交差させながら、意を決したように言いました。

「つい……つい一時間前から、大脳メインコンピュータのヘモグロビン消費量が、突然、千二百倍にまで跳ね上がったんです」

室内にざわめきが満ちました。

「せ、千二百倍だと……!?」

司令は目を見開きました。

千二百倍。

これは、途方もない酸素量を脳が使っているということです。林檎ちゃんという平和へっぽこぼんやりのほほん人間が、これほど何かを思考しているだなんてこと、十六年で初めてです。

「どんな理由があろうとも、脳に酸素を送らないわけにはいきません。ということで、国庫の貯蓄は掃除機に吸い取られるが如く、みるみる空っぽになりました」

「な、何故だ……？　林檎ちゃんの周囲で、何かとんでもないことでもあったのか……？」

司令がそう呟くのと同時に、眼球モニターに、でかでかと映し出されるものがありました。

司令を含む全署員が、視線を一点に集めます。

林檎ちゃんの自室にて、机の上に広げられたそれは、教師から渡された一枚のプリントでした。

その正体に気づいた署員たちが、キャアアッと悲鳴を上げました。

綺麗に印刷されたプリントにあったのは、このような見出しです。

『中間試験日程のお知らせ』

◇

平素より、林檎ちゃんはあまり勉強に熱心ではありません。というか、ほぼしません。いえ、ほぼというか、全くしません。勉強するくらいなら、ノートの隅にパラパラ漫画でも描いていた方がよっぽど有意義だわ、というような感じですよね。

そういう、机に向かうこと自体を苦痛に感じるタイプの人間ですから、中学時分も成績は中の下をうろうろしていましたね。けれども本人は、毎回の通知表で３と２の狭間を彷徨（ほうこう）する危機的状況を意ともしておらず、むしろ「あぶねえ、今回も赤点だけは免れたぜ」というギリギリ感を楽しんでいるようなふしさえありましたね。高校受験も、少しでもいいところへ行こうだなんて発想はこれっぽっちもなく、当時の学力で足る安全圏の学校を迷いなく選択。なんといっても林檎ちゃんは、凄まじい刹那主義ですもんね。

ただ、勉学に向き合ってこなかった人間が、「高校最初のテストで赤点はさすがにマズイ」といきなり頑張り始めたら、脳の使う酸素量はどうなるでしょうか。テストを強く意識しただけでヘモグロビンの消費が千二百倍にもなってしまうような、脳の使う酸素量は……。

それから、中間試験までの間。

林檎ちゃんは学校から帰宅すると、ほぼインテリア化していた勉強机につき、学校以外では決して開くことのなかった教科書を開き、とにかく無駄に蛍光ペンをひきまくった本文を丸ごと暗記しようとし始めました。

のろのろ運転に慣れたバイクのアクセルをいきなり開けると、最高速が出るまで、従来より多くのガソリンを消費するそうです。低速度に慣れたエンジンの燃費は悪化するらしいのです。

林檎ちゃんの場合、燃費の悪化どころではありませんでした。融解（ゆうかい）。

脳の融解です。

供給するヘモグロビンは全て、脳への冷や水でした。これがなければ、林檎ちゃんの脳は爆発します。呼吸器から得られる酸素も、できる限り脳へ回しました。私たちはまるでバケツリレーをするように、二十四時間体制でヘモグロビンをやりくりし、今にも煙を噴かんとする大脳メインコンピュータの冷却に励みました。

これに我慢ならないのは、給与振込に問題があると騒いでいる、各器官のしなぷすたちです。

「足りないヘモの件、一体どうなってやがるんだ！　ストしてもいいのか！」

「こちとら明日食べる栄養素にも困ってるんだぞ！　家族だってあるんだ！」

「労働者の権利を守れ！　満額払え！　悪政反対！」

そういう具合になんや言っておりますが、こうなってしまっては、当然ながらそっちへ分配するへモはないのでした。

そしていよいよ、中間試験一日目。

司令は早朝からずっとお立ち台に立って、指示を飛ばしました。指を指揮棒のようにしてぶおんぶおん号令を発するその様は、まるで千手観音みたいでした。

ただ、司令室と右肺室への苦情のでんわは鳴り止むどころか怒涛の如く勢いを増し、林檎ちゃんが二限目の理科を受けている頃には、朧ちょのでんわ回線がパンクしてしまいました。

脳の沸騰がようやく収まったのは、三限目の保健体育が終わった時。

これで、今日の試験はおしまいです。何とか乗り切りましたが、司令室は台風をぶち喰らった後みたいな様相で、疲れ切った署員が死屍累々を成す有様となっていました。

試験期間は、あと二日も続きます。

これでは酸素どころか、糖とケトン体の供給すら追いつかなくなるでしょう。我々署員の心身も、とてもじゃないけれど持ちません。急遽開催された対策会議にて「税ヘモを上げたらどうか」という案も出ましたが、「こんなご時世に増税なんかしたら、ストどころか内紛が起きる」という反対にあって流れ、結局、この局面を打開する案はひとつも出ずに閉会となりました。

その日の夜。

署員のまばらな室内で残業していると、「いろり君」と肩を叩かれました。

振り返った先にいたのは、半分ミイラのようになっている司令です。

驚いて「どうしたんですか、そのひどい顔面は」と尋ねると、司令は「俺は大脳メインコンピュータの一番近くにいるから、林檎ちゃんが勉強すればするほど、彼女と共に俺もやつれていくのだ……」と答えて、薄荷精油をプシュと体に吹きつけ、私の隣席に座りました。

「この地獄が明日も明後日も続くとは……。我々は乗り越えられるのだろうか……」

「無理でしょうね。もうどこを探してもヘモはないですから」

「呼吸出力を上げてはどうだろう」

「とっくに最高です。これ以上やると、林檎ちゃんが試験中に過呼吸になっちゃう」

「……今晩中に蓄えられる酸素量にも限界がある。いよいよジリ貧の極みということか……」

司令はびいどろを吹いて、手を頭の後ろに組みます。

「近頃、脳の酸素消費量が上がっていたのは、授業を真面目に聞いていたからだったのだな」

「はい。……ただ、それはそうとしても、各部署に給与がうまく供給されていない件は別問題です。こちらはどうしましょう。これ以上放置すると、各器官でヘモ騒動の打ち壊しのええじゃないかが起こります」

「うむ。それについてだが」

司令は、懐から一枚の幹細胞フロッピーを取り出して、私の机に置きました。

「なんですか、これ」

私はフロッピーを摘み上げます。

司令は室内を見回してから、声を潜めて私に耳打ちしました。

「そこに、ここ一週間分の肺室の監視カメラの映像が入っている。見直して洗え」

「林檎ちゃんの試験だけでなく、司令は、やはり肺室にも原因があると？」

「無論。漠然とだが、あそこからは何かしらの不自然さを感じる。そもそも、ありとあらゆる問題は、辿れば結局源泉に行きつくものなのだ」

「そんなもんですかかねえ」

「そもそも、振り込み記録を一度も改ざんせずに横領できるような奴が外部にいるなんてことは考えられない。俺は密かに、あの七三分けが怪しいのではないかと思っている」

私は驚き、

「それって、肺胞部長ですか？」

司令は頷きつつ気焔を吐きます。

「時間がある限り、俺も捜査に協力する。林檎ちゃんの一大事であるからと、横領の気配を見過ごすわけにはいかない。不届き千万な輩を、このもろぼしの右で鎮めてくれよう」

「もろぼしの右って何ですか」

「幼少より『殺人鬼を殺した男』との異名を持つ百戦錬磨の俺が繰り出す、弾丸の如き右ストレートだ」

「司令、喧嘩強いんですか？」

私の問いに、司令は「ふん」と鼻を鳴らします。

「舐めるなよ、左足薬指娘。俺はあの父上の息子だぞ。この身に一体どれほどの返り組織液を浴びてきたかしれぬ……」

そう言って唇の端を上げ、司令が自分の右手を恍惚と見つめていた時、私の向かいの机で突っ伏して寝ていただいごろうさんが、突然「ぶえっくしょい！」と大くしゃみをしました。司令は「ヒャアン」と悲鳴を上げて、席から転げ落ちました。

◇

中間試験、二日目。

いよいよヘモが捻出できなくなった私たちは、とうとう肉胃住友銀行とモッ菱UFJ銀行に救援を求めました。国家が民間の金融機関に助けを請うだなんて前代未聞です。当然ながら、司令室には全器官のしなぷすたちから猛烈な批判が寄せられました。

司令は目の下の隈を輝かせながら、腕組みをし、何かに取り憑かれたように「愚公山を移す、愚公山を移す」と、ぶつぶつ唱えていました。

策の甲斐あり、この日は乗り越えることができました。ただ、これはその場凌(しの)ぎに過ぎないと、司令室で働く誰もが理解しています。

明日、三日目さえ凌げば、試験期間はおしまいです。

でも、果たして本当に上手くいくのだろうか……。

言いようのない不安が、司令室にねっとりと垂れ込めていました。

◇

――中間試験、最終日。

私たちは昨日の疲れも癒えぬまま、登校中から単語帳を睨んでいたずらに酸素を消費する林檎ちゃん脳に、「付け焼刃はやめて！」と懇願しながらヘモグロビンを供給し続けました。

学校に着く頃にはもう、我々はへろへろの泥人形になっていました。「いっそ殺して」と、狂牛病にかかった牛みたいな足取りでうろうろする署員もいます。疲労が何らかの障害を発生させているようでした。

脳へと続く神経パイプは、絶えることなく「酸素要求」の信号を発していました。でも、その注文を受けられるほどの余裕などありません。生活において酸素を消費するのは脳だけではないのです。

脱輪寸前の火の車でここまでやりくりしてきましたが、試験が始まればどれほどの惨事になるでしょう……。誰もが暗澹たる気持ちになって落ち込みました。

そんな我々の苦悩もつゆ知らず、林檎ちゃんは、朝礼中も机の下でこっそり英単語帳を見つめていました。「無駄な抵抗をするな、林檎ちゃん！　また酸素を使ってしまう！」と、司令が悲痛な叫びを上げます。眼球モニターには『might is right』という英文が映っていました。

林檎ちゃんがお手洗いに行ったり、友人と会話をしたり等の業務が落ち着く合間に、私は司令から渡された幹細胞フロッピーの映像をちびちびチェックしました。

肺胞部署の全体を映せるよう、天井の隅、四か所に設置された定点カメラ。携帯再生機の画面は四分割され、それぞれの視点からの様子を映しています。

ざっと早送りで見ても、署員たちは、まさにくそ真面目としか言いようのない働きっぷりで、不審な動きをしているような者はいません。早送りでは気付けない部分があったのでしょうか……。

そうしていると、予鈴の音が聞こえてきました。

「一限目が始まるぞッ！　総員ふんどしを締め直せッ！」と、もはややけくそになっている司令が叫びました。

私も業務に戻ろうと、携帯再生機を切ろうとした時……。

ふ、と、何か、画面に違和感が。

「ん？」

すぐに巻き戻して見ると、違和感の元は、四分割された映像の右下部分にありました。

臓ちょの金庫室へと続く通路。そこを、帽子を目深にかぶって作業服を着たふたりのしなぷすが、正面玄関に向かってそそくさと走り去っていく様子が、ほんの一瞬だけ捉えられていたのです。

「なんじゃ、こいつら」

私は、作業服のふたりが映っている瞬間を一時停止し、まじまじと観察してみました。

帽子のせいで、顔は見えません。ですがそのガタイから、どうやらふたりとも男しなぷすのようです。片手に提げたバケツには、ホースやらブラシやらの清掃具が入っていました。

清掃員を装って金庫を荒らしたのかも、と思いましたが、彼らは別に大量のヘモを抱えているわけではありません。肺胞部署の記録からも、システムを書き換えたというわけでもないようです。

更に巻き戻してみました。

まず、男たちは肺胞部長に連れられて、金庫室へと向かっています。その後、肺胞部長はひとりで通路を戻り、その一時間後に男たちが走り去っていきました。

「怪しすぎる」

思わず零れた私の呟きに、いつの間にか背後にいた司令が「何がだ」と言って、私の肩越しに画面を覗き込んできました。私はびっくりすると同時に、激戦による体臭を紛らわすための薄荷精油がきつすぎて「クサッ！」と思いました。

司令は目を細め、「何だ、この清掃員を装って金庫を荒らしたふうな男たちは」と言いました。

「わかりません。でも、別にヘモを持ち出していることもないようですし、本当に清掃員なのかもしれません」

「どちらにせよ、こいつらについてはもう一度肺胞部長の話を聞く他ないようだ。でんわしろ」

指示に従い、受話器を取ったところで、私は「あ」と思って、

「臓ちょの回線、焼き切れてて繋がりません」

「そうだった……。この忙しい時に、わざわざまた行かなきゃならんのか……」

司令は苦虫を噛みました。

「……しかし、これから英語のテストが始まる。俺は大脳司令室を離れられん」

司令は、ベルトに付けられた鍵の束から一本を選び、私に差し出しました。

ラベルに『白血球パトカー二号車』とあります。

「いろり君。ひとりで行ってきてくれ。各器官のしなぷすに支払うべきヘモがどこへ消えたのか、解き明かして欲しい」

「えええ？」

私は思い切り嫌そうな顔をしてみせました。

「私ひとりに任せていいんですか？　私なんて、まだまだ新人のぺーぺーですよ？」

「だからこそだ。この危機的状況にある中で、現場からベテランを抜くわけにいかない。だから必然的に、戦場にいても一番役に立たない君こそが適任なのだ」

なんか「あ？」と思いましたが、私は黙っていました。

「この問題の解決はすなわち、中間試験酸素不足問題の打開に繋がる。何者かがどこかにヘモを隠しているなら、それを暴いて、すぐに脳へ回すのだ。給与振り込みの遅れている者たちには、後に俺が自ら謝りに行く。窮地を脱するには、それしか方法はない」

その時、地獄の始まりを告げる鐘の音が鳴り響きました。

試験開始の本鈴です。

林檎ちゃんが裏にしていたテスト用紙を捲（めく）った途端、「酸素要求」の信号が司令室に殺到しました。

「林檎ちゃんが赤点を回避して沽券（こけん）を保てるかどうかは、君の双肩（そうけん）にかかっている。さあ行け、いろり君！」

そう言って、司令はマントを翻し、お立ち台へ走っていきました。

私の答えも聞かぬまま、見事なひとり盛り上がり。

お立ち台に駆け上がり、一言もの申したい衝動に駆られましたが、

「……ああ、やってやりますよ、もう！」

悪態をつきながら、私はキーを握りしめ、席を立ちました。

右肺へ続く血流道路は、大渋滞を起こしていました。白血球パトカーの窓から窺うに、前に続く血小板車群（人間で言うところの自家用車）は、どうやら、不払いの件で直接文句をたれに行く民間しなぷすたちのもののようです。

私は警光灯を点け、「緊急車両、通ります。道を空けてください」と拡声器で言いながら、控えめにクラクションを鳴らします。

仕方なさげに道を空ける血小板車の脇を徐行で抜け、何とか右肺室の駐車場に到着。パトカーを降りて向かった先の正面玄関には、バリケードが組まれていました。その前に、怒りを滾らせるデモ隊がなだれを打って押し寄せています。

こいつは非常に邪魔そうです。私はいきなりぐったりしました。

「白血球部署の者です。ちょっと、どいて。どいてください」

無数のしなぷすたちを掻き分け掻き分け進もうとすると、『ノーモア着服』というプラカードを掲げた化粧の濃いおばさんが、「アーラ皆さん、白血球の方ですことよ！」と、大声を上げました。

「あーたら、いつまでこの問題をほったらかしてるつもりなの？　あーたらが怠慢だから、いつまでたっても給料が貰えないじゃないのよ」

行く手を阻んだおばさんが、私をドぎつく責め立てます。

それに触発されてか、私はみるみる他の者に取り囲まれてしまいました。

「その件について、話を聞きに行くのです。どいてください」

「あーたねえ、まずはあたしたちに対応が遅れていることを謝ってくれないかしら」

私は心の中で「あ？」と思いましたが、これも仕事と自分を諭し、何とか笑顔の仮面を被って、極力にこやかに言います。

「申し訳ありません。必ずお給料は満額お渡ししますので」

「あーたそれいつよ？　いつ払ってくれるの？」

「ですから、一刻も早くそれが実現できるよう、これから肺胞部署へ行くのです」

「あーたみたいなチンケな小娘がひとりで行って、どうにかなるもんかしらねえ？」

「精一杯、やりますので」

「あーたそれ、あたしの目を見て言いなさいよ。ホラ」

「……精一杯、やりますので」

「じゃあ、いつ払ってくれるの？　それをまず言いなさいよ」

林檎ちゃん、知っていますか？　これを堂々巡りと言うのです。

「……ですから。何度も申し上げていますように」

「あーたら高給取りなんだから、もっとキチンとしなさいよ。普段からお役所仕事ばっかりしてるから、こういう非常時の対応がヘタクソなのよ。バータレが」

「……」

「あたしらが若い頃はねえ、こんなふうじゃなかったわ。それはそれは素晴らしい体内風紀で、こんな不祥事もなくてね、しなぷすたちの美しい社会調和が取れていたのよ」

「……」

「それが、あーた。ものの数年でこれほどの堕落よ。新しい世代が……もろぼし司令がしっかりしてないから、こんなことになったのよ。ああ、先代の時代が懐かしいわねえ。先代はもろぼし司令とは比べ物にならないくらいにできたお方だったのよ。あの頃は本当によかっギャアアーン」

怪獣でもないおばさんの語尾が、どうして「ギャアアーン」となったのか。

この手記のどこかで既に触れているかもしれませんが、私は恥ずかしながら激情型のしなぷすです。

何と表現すればいいでしょう……。こう、あまりに怒りが昂ぶると、お腹の奥底にある火山が大噴火すると言いましょうか……。飛び散る溶岩が罵声となって口から噴出し、ぐらぐらに煮えたマグマは鉄拳として固まるのです。

その時、自分が何と叫んだかはわかりませんが、おそらく、到底ここには綴れないような汚らしい言葉を吐いたと思います。記憶にあるのは、おばさんの飛び散るよだれと鼻組織液、折れたプラカード、宙に舞う歯、恐怖におののく周囲のしなぷす、腰を抜かすしなぷす、失禁するしなぷす、「みんな道を開けろお、殺されるぞ！」という誰かの絶叫、紅色の霧、もわっとした生臭さ、熱、涙、悲鳴、すすり泣き……。

我に返った時には、まるでモーゼが海を割ったかのような一本道が目の前にでき上がっていました。動かないおばさんを介抱するデモ隊が、子猫みたいに震えながら私を見つめています。

ぽっぽする頭が、すうっと冷めていきました。すぐに「これはやってしまったかもしれませんね」と思いました。

でも、まあ、やってしまったものは仕方のないことです。

私は「この件についてやんや言ったら、わかってるな」と頬の返り組織液を拭いながらデモ隊に言い残し、持ち前の楽観的思考を働かせ、軽い足取りで肺胞部署へ向かいました。

◇

ちょっぴり組織液に濡れた私の出で立ちが異様だったのか、肺胞部署の署員たちは私が入室するのを見るなり「ひえっ」と悲鳴を上げました。

「白血球部署のいろりと申します。肺胞部長さんはどこでしょうか」

私は白血球手帳を広げつつ、受付の若い女性しなぷすに尋ねました。

「部長なら、今しがた、金庫へ行かれたところです」

受付さんは震えながら続けます。

「す、すぐに呼び戻しますので、命だけは勘弁してください」

「あ、いえ、結構です。命も取りません。元々、部長さんと金庫を調べようと思っていたので、私も行きます」

私は受付さんに案内されて、金庫へと向かいました。

途中、監視カメラにあった通路を行く際、私は素早く辺りに目を散らしました。別段、怪しいところはありません。これぞ通路！　というような通路です。

向こう正面に、金庫扉と、その前に立つ肺胞部長の背中が見えてきました。

「ぶちょムグ！」

私は、声をかけようとする受付さんの口を塞ぎ、彼女を引き連れたままゴミ箱の陰に隠れます。

司令は、あの肺胞部長に疑念を抱いていました。

もし、肺胞部長が本当に事件の重要参考しなぷすであるのなら、ここで飛び出すのは早計です。ですからもう少し泳がせて、確たる証拠を掴んだ瞬間にひっぱたいて現行犯逮捕しようと考えたのです。

ゴミ箱の陰からチラリと窺うと、ちょうど金庫扉を開錠した肺胞部長が金庫室内へ入っていく姿が見えました。

「ようし」と腕まくりをしようとして、自分が受付さんの鼻と口を押さえたままであることに気付きました。彼女はやや白目になっていました。解放して、「合図を出すまで、ここで待ってて」と言いつけます。

私は抜き足差し足で近づき、微かに開いている金庫扉の横の壁に背を張り付けました。

息を殺しつつ、肩越しにそうっと金庫室内の様子を探ります。

小学校の体育館ほどもある広い室内は、がらんどうでした。通常であれば、ヘモ棒やヘモ塊やヘモ千両箱が所狭しと並べられているはずです。脳の冷却で使ってしまっためめ、からっけつなのでした。

しかし、何よりも先に私が驚いたのは、通常とは違う金庫内の様子についてではなく、その室内から肺胞部長が忽然といなくなっていたということです。

「あれれ？」

私は金庫室内へ立ち入りました。

先ほど、確かに彼が入室するところをこの目で見たはずです。けれども、室内には肺胞部長の影も形もありません。ほとんど空白の空間が広がるばかりで、身を潜められそうな、いい塩梅（あんばい）の場所も見当たらない……。

一瞬にして、肺胞部長が金庫室から消えてしまった――。

その時です。

「――地震！」

突然、どうおおおん！　と、地の裂けるような揺れを感じました。

まるで自分がミキサーの中にいるかのような、かつてない震動。

あまりの大きさに、頭を抱えてへたり込むくらいです。

歯を食いしばり、必死に耐えていると、段々と揺れは収まっていきました。

遠く、肺胞部署に設置された拡声器から、『二限目の国語のテストにおいて、林檎ちゃんが竹取物語を読み取れず撃沈したことによる揺れである。組織液津波の心配はなし』と、司令の微かな声が聞こえました。

これはいけません。何とか一限目の山は越えたようですが、二限目でとうとう脳が破綻しています。この状態で三限目を迎えたなら、どれほどの天災が発生するか……。

早く、早くヘモグロビンを確保せねば！

肺胞部長はどこ行った！

私は金庫扉の前に立ちました。ゴミ箱の陰から半分だけ顔を出し、ストーカーのようにこちらを見つめている受付さんに、口をパクパクさせて「部長はプリンセス天功の親戚ですか？」と尋ねてみます。受付さんは「は？」というような顔をして、しばらく悩んだ後、同じく口をパクパクさせて「私はあんまり好んでは食べません」と答えました。意思疎通の失敗でした。

私は手招きして、彼女を呼びます。

彼女はそそくさと駆けてきました。

「あなた、お名前は？」

「殺すんですか？」

「ちょっと脈絡がわからない」

「わたし、さっき、何か気に障ることを言ったんですかね。それとも、地震の腹いせですかね。殺すんですよね。その返り組織液のシミのひとつになるんですね。あーあ、短い人生でしたわ。どうぞ」

そうして彼女は両手を広げ、目を閉じました。

「待ってよ、殺さんってば。えーと、え？　どうして名前を尋ねられただけで殺されるって思うの？」

「いや、戒名を考えてくれるのかなって」

「わあ、なんて飛躍的な発想をするんだ！」

私は呆れました。

「名前を知らないと呼びづらいでしょう。だから訊いただけです。普通そうでしょう」

「あはあ、そうですか。こりゃ失敬」

彼女は、こいき、と名乗りました。歳は二十歳だそうです。私と同い歳。

そこまで知ればこちらとしては十分だったのですが、彼女はそれから、自分が頸部の出身であるだの、高校を卒業してちょっとの引きこもりを経た後に右肺室へ就いただの、好物はジャスミン茶から取れるビタミンEだの、いつか甘味処を開いてそこに常連として通ってくる甘味好きな白馬の王子様と結ばれて見晴らしのいい上肢部肩甲骨に庭付き一戸建てを構えてビフィズス菌を飼って幸せに暮らすのが夢だの、いらんことまで自己紹介してきました。

実は、このこいきさんとはこれから縁ある付き合いになるのですが、この時はそんな未来を知るはずもなく、「見た目ぽわぽわして可愛い割に、すごく変な子だなあ」としか思っていませんでした。

◇

こいきさんの機関銃的しゃべくりがひと段落するのを待ってから、私は本題に入ります。

「こいきさん。さっき、部長さんが金庫室に入るの見ましたよね？」

「見ました。ちょっと白目だったんでハッキリではないですけど」

「それが、中でいなくなっちゃったんですよ」

「うーん。不思議なこともあるもんですねえ」

「室内に、抜け道とかあるんですか？」

「まさかあ」

こいきさんは笑いました。

「そんなのあったら、毎晩のように金庫泥棒が来ちゃいます」

それでは一体、どうやって肺胞部長は消えたのでしょう。

出入り口は私とこいきさんに監視されていたのですから、ここは完全な密室であったはずです。そしてこいきさんの言うように、金庫に漏穴（くけあな）があるというのもおかしな話です。

トリック。

ふと、この言葉が思い浮かんだ瞬間、私の中に一筋の閃きが走りました。

そうだ。

大脳室にある『大脳図書館』に問い合わせればいいんだ。

膨大な面積を持つ大脳図書館には、林檎ちゃんの知識の全てが詰まっています。ここには林檎ちゃんがこれまでの人生において学習したこと、体験したことの累積が蔵書として保管されており、図書カードを持つ者であれば、読んだり借りたり、係員に情報を検索してもらったりすることができます。

林檎ちゃんの歴史を紐解く資料『林檎史録』を完璧に学んでいた私は、林檎ちゃんが小学四年生の夏休みに読書感想文を書くために、江戸川乱歩を読んでいたことを知っていました。つまり、密室に関するトリックの知識や教養が大脳図書館に保管されているはずなのです。

私はすぐに、携帯神経系でんわで大脳図書館に連絡を取りました。そして電話口の事務員に事情を説明し、蔵書を検索してもらいました。

しばらくの待機音の後、電話口に出た事務員は言いました。

『確かに、江戸川乱歩著の「D坂の殺人事件」に関する知識本はありましたが、ほぼまっ白けで使い物になりませんよ』

「え？」

『冒頭に、「なんかむずかしい」、「漢字がおおい」、「ねむたい」と書いてあるだけで、得た知識や教養がひとつもないんです。奥付には「小四の夏・三頁でギブアップ」とあります』

林檎ちゃん。あなたは江戸川乱歩を読み切るどころか、三頁で投げ出していたのですね。そう言えば、小四の時の読書感想文は、兄上様に書いてもらったそうですね。

私は「ハハハ」と乾いた笑いを上げました。これでは密室の謎が解けません。

どん詰まりな気分に浸っていると、「そう言えば」と、こいきさんが呟きました。

「気になることがひとつ。金庫に入るたんびに思ってたんですけど、あの壁のポスター」

こいきさんは、金庫室右手の壁に貼られている張り紙を指差しました。

和紙に達筆で『魚懸甘餌』とあります。

「あれ、どんな意味なのか、ずっと疑問だったんです。難しい言葉だからわかんなくて」

私は「ああ」と相槌を打ち、

「あの四字熟語は、『目先の欲に駆られてはいけないよ』、という意味です。たくさんのへモを見た署員を、よろしくない葛藤から覚ますための注意書きでしょう」

「わあ、なるほど。そうだったんだあ」

こいきさんはフムフム頷きました。意味がわからないなら注意書きの効果ないなあ。

「なんだか、金庫室の中で異彩を放っていますよねえ、あれ」

こいきさんは人差指を顎に当て、考えるふうな顔をしました。

確かに。言われてみれば、棚以外に置物のない殺風景な室内において、ぽつねんとあるあの張り紙は、どう考えても浮いています。

私は張り紙に近づいて、右から左から検分してみました。古いラーメン屋のお品書きのような、きたねえシミのいった紙とジワジワに滲んだ墨汁に、十六年の歴史を感じます。

思い切り引っぺがしてみました。

その裏に現れたのは、回転取手のついた小窓です。

「アッ！　秘密の扉だ！」と、こいきさんが声を上げました。

小さな鍵穴がありましたが、錠は外れているみたいでした。

私は小窓を開けてみます。

中にあったのは、小さなてこ。

思い切り引いてみました。

すると、まるで底が抜けたかのように、室内左手奥の床に、穴ぼこが出現したではありませんか。

近づいて窺うに、これは下へと続く隠し階段です。

「すごい、忍者屋敷みたい！」と、こいきさんが飛び跳ねました。

その階段は、右肺室でも地位の高い者しか知り得ない、金庫室に閉じ込められた際の脱出口だったのです。

なんてことはありません。トリックもくそもない。

肺胞部長はここから出たのだ。

彼は自ら鍵を有して金庫室に入りました。閉じ込められたわけではないのですから、正面切って出てくれれば疑いの目も逸らせたでしょう。

けれども、これではっきりしました。

やっぱり、肺胞部長は何かが怪しい！

「私は階段を下りて、部長さんを追います。こいきさんは、部署に戻ってください」

私は、腰に提げた乳酸拳銃を確認しました。

いかなる事態があるかわかりません。肺胞部長を追い詰め、飛びかかってきたところを華麗に撃ち落とす想像と覚悟をもって、私は一歩を踏み出しました。「いろりさん、頑張って！」と、こいきさんが私の決意を後押ししてくれました。

狭い階段を十段ほど進んだところで、気絶して糸の切れた操り人形みたいになっている肺胞部長を発見しました。彼はたんこぶだらけでした。

階段を下りている最中に地震があって、壁に体を打ちまくったみたいでした。

肺胞部長は今回の件について、その全容を明らかにしました。

以下は、鎖骨（さこつ）留置所での取り調べ時に録音した彼の口述です。

「裕福な生まれに甘んじず、真面目一徹で生きてきた。林檎ちゃんのためならこの身など惜しくない。やれつまらない奴だハゲだと妻や娘に蔑まれながらも、一生懸命に働いた。家庭が駄目でもよかった。林檎ちゃんが幸せに生きてくれるなら、私はそれで満たされるのだ。

そう思っていた。そう思っていたはずだった。

……固い物ほど壊れやすいんですよね、刑事さん。

ある夜、予定より早めに仕事を上げた私が家に帰ると、妻が知らない男しなぷすを連れ込んで、ロデオごっこをしていた。妻は、『違うの、これはゲノム増加を主眼とする染色体結合の実験なの！』と取り繕った。その時、二階から下りてきた娘が、『あれ、新パパ来てたんだ。あ、旧パパお帰り』と言った。

その時、私の中で何かが壊れた。それまで右七左三だった髪の分け方が、その瞬間に右三の左七になった。

私は家を飛び出して、器官を放浪した。

一体幾日、幾時間、どこをどう彷徨（さまよ）ったかはわからない。

気が付いた時、私は、荒涼とした、見たこともない場所にいた。

私はひれ伏して泣いた。林檎ちゃんのためと、家庭を顧みなかった私が悪かったのか。己の生き方が悪かったのか。私というしなぷすに原因があるのか。辛い思いもしてきた。耐えてきた。下げたくない頭を下げ、浮かべたくない笑みを浮かべ、耐えてきた。林檎ちゃんが幸せであるなら、いつか自分も本当の幸せを得られると思って、耐えてきたのだ。

だが、どうだ、このザマは！

禿げるわ、家族に裏切られるわ、五十半ばで放浪の旅するわ！

これのどこに幸せの芳香がある！　加齢臭しかないんだな！

誰か、助けてくれ。この苦悩から救ってくれ……。

泣きながらそう呟いた時、私の肩を叩く者があった。

『そんなに辛いなら、俺たちと気持ちよく遊べばいいじゃん』

一聴すればこれは完全なるナンパ男の誘い文句だが、そんな冷静な判断もできないほど、私は顔を上げた先の彼にすがりつくしかなかった。誰でもいい。この現実という地獄から私を連れ出してくれ。

『おや、その署員証……。お前、肺胞部で働いてるのか。こいつはいい』

彼は、私をとある廃屋に連れていった。そこには、彼の他に、たくさんのしなぷすがいた。

彼は、『自分たちの仲間にならないか』と私に提案した。

彼らは、刹那主義しなぷすで成る犯罪集団だった。

そう——林檎ちゃんの『今が楽しければいいや』という思考に共感し、それこそがしなぷすの生きる指針であると考える連中である。

私は放浪の末、偶然にも彼らのアジトに辿り着いていたのだ。

『せこせこ働くしなぷすたちからヘモをちょろまかして、面白おかしく暮らそうよ』

リーダーは言った。

『林檎ちゃんだって、楽な方、楽な方を選ぶ生き方をしてるだろ？　だから、そんな林檎ちゃんの中にいる俺たちだって、楽な生き方をしていいんだよ』

リーダーのその言葉を聞いた時、私は脳みそが裏返った気持ちがした。

そうだ。

林檎ちゃんだって、苦労を避けて生きている。

ならば私だって、今を楽しむために、何をしたっていいんだ。

私は二つ返事で利那主義しなぷす集団に加入した。そうして、今回の『金庫強盗』に加担したのだ。

仲間を清掃員として署に迎え、隠し階段の秘密を教えて、アジトへヘモを運ばせた。あの階段は、地下を通って右肺室の南玄関に繋がっているからな。それから何食わぬ顔をして来た道を引き返すよう指示した。給与明細の数字に改ざんなどあるはずない。初めから、私が少なく計上していたのだから。

……証拠隠滅のため、消し忘れていた隠し扉のしな紋（指紋）を拭き取ろうと金庫へ向かっているところで、そこの女しなぷすの尾行に気付いた。素早くしな紋を消したが、再び錠をかける暇はなかった。金庫から出た時に身体検査でも受けようものなら、隠し扉の鍵が見つかる。だから隠し階段を使って逃げようとしたのだが、まさかあのタイミングで地震が起こるとは……。

……彼らのアジト？

舐めるなよ。言うはずないだろう。いくら墜ちても、そう容易く仲間を売るほど、私は腐ってはいない！」

ここまで喋ったところで、肺胞部長が黙秘を始めたので拷問しました。彼は二秒で吐きました。温室育ちの根性などタカが知れています。

◇

二限目終了、二分前。

緊急事態のため、司令を筆頭とした私を含む全二十名の白血球部署員は、完全武装で出動することになりました。敵の潜伏先であるアジト、「盲腸」へと討ち入りに赴いたのです。

盲腸とは、偽らずに言うと「あってもなくてもどっちでもいいところ」として、我々しなぷすに認識されている器官です。

幼稚園からの幼馴染の百枝（ももえ）先輩が、数年前に盲腸の手術で入院したことを覚えていますか？　その時、百枝先輩は盲腸を摘出したのですが、彼女は今も変わらず元気に街でカツアゲをしていますよね。このことからもわかる通り、盲腸とは、別に人間の体になくたって影響のない、忘れられた臓器なのです。

液状化された内容物から水分を抽出するだけ、という微妙な器官的役割から、盲腸は、もはやしなぷすからすると無人島でした。これは犯罪者にとっては絶好の隠れ家です。

それに、盲腸に大量のヘモを持ち込んだとしても、人体には直接的な悪影響がありません。これが、例えば眼球部にヘモを隠したとなると、「目が充血する」というような異常が出るので、すぐにバレてしまいます。他の部署や臓器においても同じです。

しかし盲腸であれば、異常が出ることはない。ヘモを隠すにおいて、盲腸はまさにうってつけの場所なのですね。まあ、よく考えたものだ。

辿り着いた盲腸には、スラム街のような雰囲気が漂っていました。荒んだガス風が吹き、ホームレスしなぷすや、きたねえ野良菌などがうろうろしています。路地を行けば、不法投棄された老廃物の悪臭が鼻を突きました。ザ・犯罪の温床というような場所でした。

アジトは、盲端にある廃ビルです。

我々は、司令を殿として、こっそりとビルの中へ潜入しました。ＳＷＡＴのような足取りでカサカサと二階へ駆け上がると、廊下突き当たりの部屋の扉の向こうから、賑やかな声が聞こえてきました。

私たちはペタリと背中を壁に張り付け、聞き耳を立てます。

「うへへ、これで俺たちは大へモ持ちだ！」

「一生遊んで暮らせるぞ！」

「あの七三、利用価値あったなあ！　あれは天が与えたもうた、俺たちへの贈りハゲだ！」

犯罪しなぷすたちは、チャリンチャリンとへモグロビンを撒き散らして、犯罪成功の美酒に酔っているようでした。

向かいの壁にへばりついているだいごろうさんが、私に向けて、グッ、と拳を握り、ガッツポーズのような所作をしました。

これは「動くな」という部隊特有の合図であると、手記を書いている今なら理解しています。

ですが、着任間もないその時の私は、完全に「先陣切ってグーでボコボコにしてこい」と言っているのだと勘違いしてしまったのです。

私は扉を蹴破り、乳酸拳銃を構えて「全員動くな！」と怒鳴りました。

後方から、先輩署員方の「あれれっ⁉」という声が聞こえました。

「金庫泥棒の罪により、貴様らを逮捕する！」

犯罪しなぷすたちは、ぽかんとしました。数にして、十六名ほどいました。

しばらく、私と犯罪しなぷすは黙然としてぴくりとも動かないまま睨み合いました。

「い、いろり君！　誰も突入しろとは言ってない！」

私を追って入室してきただいごろうさんのその台詞が、両者の間に張りつめていた緊張の糸を切りました。

「わ、わ、わ、全員、戦闘用意ーっ！」

主導者でしょう、赤い鉢巻をした男しなぷすがそう叫ぶのと同時に、犯罪しなぷすたちは乳酸小銃を持ち出し、ドラタタタといきなり撃ってきました。だいごろうさんが脳天に乳酸弾を受け、「ギャーッ！　疲れたーッ！」と絶叫し、くたくたになってへたり込みました。

「負けるな、応戦しろ！　ぶち殺せーっ！」

私は叫びつつ、部屋のソファの陰に逃げ込みます。

白血球部隊が突入し、銃撃戦が開始されました。

耳をつんざく銃声と悲鳴の中、双方、撃たれてくたくたになった者たちがどんどん倒れ伏していきました。窓が割れ、招きビフィズスが吹き飛び、脱法カンナビノイドの紫煙が裂かれ、ヘモグロビンが舞いました。室内のあらゆるものに穴が開いていきます。お互いにテンパっているようで、「とにかく目につくものを撃たなきゃ」という焦りが見え見えでした。泥沼です。

飛び交う銃弾の下をほふく前進で潜り抜け、私はひとまず部屋の出入り口へ避難しました。

再び扉前の壁にへばりつき、息を整えていると、後方にて腕組みをしたまま微動だにしない司令と視線がぶつかりました。司令は梅干を食べているような顔をして震えていました。

「参戦しないんですか?」

「しない」

「喧嘩、強いんでしょう?　このドタバタを鎮めてきてくださいよ」

「あっ、前、前!」

司令が慌てて私の背後を指差します。

すぐに振り返ると、敵のひとりが目の前におり、私に照準を合わせていました。

私はすんでのところで敵の乳酸小銃を蹴り飛ばし、逆にそのどてっ腹に弾丸をねじ込みました。汗を拭いながら司令を見ると、彼は頭を抱えてしゃがみ込み、ダンゴムシみたいになっていました。びびっているようでした。

突如、背に重い衝撃を感じました。

撃たれた先輩が、私に倒れ掛かってきたのです。

私はたまらず、先輩の下敷きになってしまいました。「先輩、しっかりしてください!」と身じろぎしましたが、先輩は完全に疲れ切っていて、舌を出してびろびろとよだれを流しながら気絶しています。

「まな板の鯉を発見！」と、敵の声がしました。

見つかった。

必死に先輩を押しのけようとしましたが、どうやら先輩は着痩せするタイプのデブで、なかなか上手くいきません。

私はダンゴムシになっている司令に手を伸ばします。

「司令！　助けてください！」

司令は頭を抱えたまま、チラッとこちらを見ました。そして再び顔を伏せ、ダンゴムシになりました。何故だ！

「おいこら、助けろ！」

「……（チラッ）」

「助けて！　部下の一大事ですよ！」

「……こ、こわいのだ……」

敵が接近してくる気配がしました。絶体絶命とはまさにこの状況のためにある言葉でした。

「怖かろうが助けてよ！　撃たれちゃう！」

「しかし」

「しかしじゃない！　そんなんだから、しょうもないおばはんに『先代の方がよかった』とか言われちゃうんですよ、あなた！」

「……父上……」

眉根を寄せ、怒っているのか泣いているのかわからない、煮え切らぬ表情の司令です。

私の丹田（たんでん）の辺りで、白紙に一滴の墨汁が染み込むかのように、火の点が輪郭を増していきました。これ以上燃え広がらぬよう冷静を保とうと、一途に釈迦如来のことを考えましたが、次に司令の放った一言が、丹田からじわじわと全身に滲みていた怒りという油にとうとう引火させ、一気に燃え上がらせてしまいました。

「だ、駄目だ……。すまない、成仏してくれ、いろり君……」

激情スイッチの入る「ぷつ！」という音が、私の眉間の奥から聞こえました。

自身の危険に激怒が加わると、究極の火事場の馬鹿力が生まれます。

私は青筋を立てて、「ふんがあ」と気合一発、先輩を押しのけました。すぐさま立ち上がり、おそらく「何を諦めとるんじゃおんどれ」的なことを叫びました。

鬼の面をぐしゃぐしゃにしたような私の形相に、近づいてきていた敵が一瞬だけ怯（ひる）みました。私はその隙を見逃しません。敵の顔面目掛けて拳銃を投げつけ、そのまま体当たりをかまして馬乗りになり、べらぼうに鉄拳の雨を降らせました。すると敵は潰れたお饅頭みたいになって、口からおミソをはみ出し、ぐったりしました。

私はその次に司令へと飛び掛かり、胸元を摑んで前後に揺さぶります。

「あんたも戦火へ飛び込んでこい！」「断る！」「行け！」「断る！」……しばらくそうしていると、天と地がひっくり返ったかのような振動が全身を襲いました。

地震。

これは、以前のものより数倍の規模がありました。

近くの天井が崩れ、瓦礫が降り注ぎます。廊下にヒビが走り、ギシギシと軋みを上げました。そして、雷鳴のような轟音。

「ビルが崩落するぞー！」という、誰かの悲鳴が聞こえました。

揺れが小刻みになった隙に、戦闘が行われていた部屋から、先輩方と犯罪しなぷすたちが、それぞれ自軍の負傷者を担いで出てきました。

これで安心かと胸を撫で下ろしたその時、今度は間欠泉の真下にいるみたいな、突き上げるような揺れが始まりました。一瞬、足が浮いたほどです。煙が満ち、ゴトゴトと天井が本格的に落ち始めました。

私たちは、ほうほうの体で廃ビルから避難しました。もう上が下なのか右が左なのか、地に立っているのか空中にいるのか、それすらわからなくなりながら必死に逃げていると、背後でビルの崩落する爆音が轟きました。

揺れは五分ほども続いたでしょうか。

震動がようやく収まり、私たちは避難した空き地にて、敵味方関係なくしばし放心しました。

くわんくわんする頭を押さえていると、『父よあなたは強かった』の旋律が聞こえてきました。司令の携帯神経糸でんわの着信音です。ラクトバチルスの野良菌に顔をベロベロ舐められていた司令が、弱々しく応答します。

「……はい、もろぼし」

司令はそれから二、三言の会話をし、通話を切りました。

そして、私たちに向き直り、

「三限目の試験、数学。林檎ちゃんのヤマが外れ、問の一から解けなくて、半泣きになって頭を抱え、机に伏したことによる地震だそうだ」

果てていた犯罪しなぷすたちが、顔を見交わしました。

「脳の酸素要求にも応えられなくなっている。このままではとてもじゃないが、数学は乗り切れない。……余剰となっているヘモがあるなら、話は別だが」

司令はつかつかと、犯罪しなぷすの主導者の鉢巻しなぷすへ歩み寄りました。

鉢巻は身構えます。

何を言うのか、司令、と、白血球部署員一同は息を呑みました。

いよいよもろぼしの右が炸裂するのだと、私は人知れず高揚しました。

司令は鉢巻ににじり寄り、とうとう空き地を囲んでいる硫黄コンクリートの壁面に追い詰めました。私の中で、破裂せんばかりに期待が膨らみます。

ヘタレと言えども、一国の長。

勝負所には、男らしさを発揮してくれるんだ！

署員一同の想望の視線を背に浴びながら、司令は、ぐ、と、足を肩幅に開きました。

鉢巻がびくりとします。そうして司令は徐々に体を沈め、両膝をつきました。

もろぼしの右とは何と奇怪な構えをするのでしょうとワクワクしていると、司令はそのまま両掌を地に置き、ゆっくりと顔を下に向けて、動かなくなりました。

「おや？」と私は思いました。

これは秘儀というか、明瞭な土下座です。

「頼む。奪ったヘモを返してくれ」

土下座の司令は言いました。

「林檎ちゃんを助けてくれ。数学のテストを、乗り切らせてあげてくれ」

鉢巻は、目に見えて狼狽しました（私もですが）。

「今は君たちの逮捕より、林檎ちゃんが優先だ。どうか、ヘモの隠し場所を教えてくれ。ヘモを、林檎ちゃんのために使わせてくれ」

先輩署員たちが、しくしくと泣き始めました（泣くところなのでしょうか）。

「俺は、林檎ちゃんに辛い思いをして欲しくないんだ」

司令は、より深く頭を下げ、地面に擦りつけます。

鉢巻は、三呼吸の間を空けてから、溜息をつきました。

そして、仲間たちに向き直り、「倉庫の鍵を持ってこい」と言いました。

「親分！」

仲間のひとりが声を上げます。

「いいんですかい……？」

鉢巻は答えず、司令の肩に手を置きました。

「まさか、林檎ちゃんがこんな事態に陥ってるだなんて……。俺たち社会を捨てた無法者は、世の情勢を何も知らなかった」

司令は顔を上げました。

「……悪かったな。盗んだヘモは、虫垂の八合目の倉庫に隠してある。使ってくれ」

空き地に弱い風が抜けました。

犯罪しなぷすたちが、くずおれて泣きました。鉢巻はぐいと額の汗を拭って空を仰ぎます。

司令は立ち上がって長い息を吐き、携帯神経糸でんわを取りました。

鉢巻の言う通り、奪われたヘモは、虫垂の倉庫にありました。

私たちは全器官の白血球部署員を動員し、大急ぎで大脳司令室にヘモを運び、因数分解のせいで痙攣している大脳にぶち込みました。

その後、林檎ちゃんが何とか全教科で赤点を免れたことは、本人がよくわかっていますよね。数学は三十点でギリギリでしたけれども。

給与が満額ないと騒いでいたしなぷすたちには、約束通り、国営放送にて司令が直々に謝罪しました。「来月の給与に不足分プラス特別手当を上乗せする」と司令が言うと、苦情の電話はピタリと鳴り止みました。崖っぷちでしたが、ストを回避できたのです。

事が落ち着き、しなぷすには再びの平穏が訪れました。でも、高校生活と試験は切って離せぬものです。二度とこんなことにならないよう、私たちは予算の中に「試験対策ヘモ費」という経費を組みました。これで今後の試験は持ち堪えられるでしょう。ですから、安心して勉学に勤しんでくださいね。

犯罪しなぷすたちは、当然ながら、全員お縄となりました。この手記を書いている現在も、あばら骨監獄にて服役中です。改心を願っています。

それにしても、どうして鉢巻は、あんなにもあっさりとヘモの隠し場所を吐いたのでしょうか？

泥棒と言えど、苦心して作戦を成功させたはずです。それらを水泡に帰せる決断を下せたのは何故だったのでしょう。

私は気になって、しょっ引かれている最中の鉢巻に、その理由を尋ねてみました。

すると、彼は掠れた笑みを浮かべ、口を開きました。

その時の彼の答えは、今も私の胸の中で、柔らかな種火のように燻っています。

そちらをこの章の最後として記し、一旦、筆を置きましょう。

「俺だってな。林檎ちゃんが大好きなのよ」

【二】暴君襲来

軽度の燃え尽き症候群と言いましょうか。

中間試験を切り抜けた私たちは、フヌケになりました。

仕事もどこか漫然。大脳司令室の面々は誰もがネジの取れたような様体で、ポンコツ丸出し保守精神の塊となって毎日を過ごしていました。適当にやっていれば、難しいことを考えずに生きていれば、時間は瞬く間に過ぎます。誰もが機械みたいに業務をこなしていました。

仕事終わりの飲み会では、「あの中間試験の時の俺の働きっぷりときたらさあ！」と、武勇伝を語る署員がわんさか溢れました。喉元過ぎれば何とやら、皆、あの日々のことを回想しては悦に入っていました。甘美な苦労を味わった者は、味気ない平穏を退屈に感じるようになるのですね。

だらけ切った雰囲気が、しなぷす中にどろどろと充満していました。

私はと言えば、それは前章で綴った通りの反骨精神結晶体のようなしなぷすですから、フヌケにはなっていません。相変わらずの激情性質を宿したまま、ポンコツの署員たちを横目に、カリカリうろうろと真面目に仕事をしていました。

ただ、ひとつだけ変わったことがあります。

ヘモ横領事件から、私は両手首に『きんこじゅちゃん』という、桃色のへんてこなリストバンドを装着させられました。私の激情性を危険視した白血球部署が、激怒への抑止力として着用を命じたのです。

あの一件の後、私がデモ隊のおばさんをボコボコにしたことと、司令の胸倉を摑んで揺さぶったことが、どこそこからの密告により公にされてしまいました（まあ当然ですね）。

「こいつはやばい、しなぷす性に難アリ」と判断した上層部は、私の感情が昂ぶり手が出そうになった瞬間に、手首から乳酸菌を打ち込む特殊な道具を開発しました。それが『きんこじゅちゃん』です。

あの件に関しては全て自分が悪いと思うので、私はそれを受け入れました。まだ一度も乳酸菌は打ち込まれていませんが、果たして効果はあるのでしょうか。燃え滾る私の激情を、こんな玩具で止められるのか。

そんな具合で、すっかりだらだら感に支配されていた大脳司令室。

その倦怠感が一瞬で吹き飛ぶこととなる「アイツ」の訪れは、紫陽花の瑞々しい、六月中旬のことでした。

◇

その日も、私たちはボンクラ全開で仕事をしていました。

適当にポチポチと細胞キーボードを打っては、半目のまま「あ、はあい」「あ、はあい」という受け答えを繰り返すのみの署員たち。鬱々たる梅雨の湿気もあってか、一部の者の頭にはキノコが生えていました。

司令もあれ以来、気が抜けているようでした。「それ右」「それはあっち」くらいの指示しか出さずに、びいどろを吹きつつぼんやりしていました。

午後二時過ぎ。

五限目の国語の授業で林檎ちゃんが船を漕ぎ、私たちもまどろみの中をふらふらしている時……。

それは、あまりに突然でした。

大脳司令室の出入り口の扉が、吹き飛ばんばかりにバチコーンと開け放たれ、

「コンニチハ～、ニッポーン！」

という掛け声と共に、サングラスをした欧米人風の男が、両手を広げながら現れたのです。

ぼんやりしながらも、私たちはそのいきなりの来訪に驚きました。

「なんだなんだ」「誰だあれは」と、司令室内はにわかにざわざわし始めました。

欧米人風の男は、半袖の黒いポロシャツ姿でした。左胸に「A」という赤い文字が刺繡されています。服の上からでも、細く締まった体軀(たいく)がわかります。短い金髪とサングラスと不自然なくらい白い歯を光らせて、ニコニコしていました。

「へーイ！　ジャパニーズしなぷす、ボーイズ・アンド・ガールズ！　ナイス・トゥ・ミートゥ～！」

欧米人風の男は、更に大きく両手を広げ、物凄い喜色を浮かべました。そうして狼狽(うろた)える私たちを見回し、眉根を寄せる司令と視線を合わせると、

「ワ～オ！　アナタガ、コノ人間ノ、司令サンデスネ～！」

ずかずかと司令室を横切って、お立ち台に上がり、無理矢理に司令の手を取りました。

「ワタシ、コノ人間ノ、観光シニ来タネー！　ヨロシクネ～！」

司令は何が何だかわからないようで、ぽかんとして、凄まじい上下運動の握手をされるがままになっていました。

欧米人風の男は、ひとしきりの挨拶を終えると、

「ワ～オ！　コレ、ナンデスカー！」

司令の咥えているびいどろを片手でペシと奪い取り、陽に硝子（ガラス）を透かすように見つめました。

「……。……あの。それは、ぽぴんと言って」

「オモシロイデスネ～！」

目を疑いました。

欧米人風の男は、迷うことなく、びいどろを床に叩きつけました。

ぱりん、とびいどろが弾けて、司令が「は？」と言いました。

室内にどよめきが満ちました。

「ワ～オ！　アレハ、ナンデスカ～！」

愕然とする司令を歯牙にも掛けず、欧米人風の男はお立ち台から飛び下りました。

それから眼球モニターの前の神経パソコンに向かっている署員の元へと赴いて、

「コレ、ナンデスカ～！　コレ、ナンデスカ～！」

あろうことか、大笑いしながら、神経パソコンを両手でばんばん叩き始めました。

「ギャーッ！　や、やめて！　やめてください！」

パソコンの前の署員が悲鳴を上げます。

「これは頚部室と繋がっているものなんです！　そんなに乱暴にしないで！」

「オモシロイネ～！　コレ、オモシロイネ～！」

欧米人風の男は、聞く耳を持つどころか一層に勢いづいて、とうとう神経パソコンを叩き壊しました。

壁面に貼られた、現在の健康状態を表す体内環境早見表に、「扁桃腺炎」と警告が出ました。

その信じられない傍若無人ぶりに私たちは混乱し、ただただ固まっていました。

欧米人風の男は止まらず、「アッチハ、ナンデスカ～！」と言って、体温調節に関わる部署へと歩み寄ります。そして「コレ、ナンデスカ～！　コレ、ナンデスカ～！」と笑いながら、綺麗に調整されていた神経卓のチャンネルフェーダーを無茶苦茶に動かしました。

署員の制止もむなしく、ほどなくして全てのフェーダーがフルテンとなりました。体内環境早見表に、「体温異常」と表示が出て、壁に掛けられた大型体温計の水銀が、みるみる上昇し始めます。

「ＨＡＨＡＨＡＨＡＨＡ！　オモシロイネ～！　オモシロイネ～！」

欧米人風の男はその後も室内で暴れまくり、様々な神経器をいじくってはめたくそにしていきました。まどろみが一気に霧散した署員は右往左往し、しかし誰もがその横暴に何も言えず、歯を食い縛って彼を見遣りました。みんな日本人気質ですので、「ノー」と強く言えないのです。

彼が来訪して五分も経たないうちに、体内環境は阿鼻叫喚の地獄へ叩き落とされました。

「ワタシ、シバラク、コノ人間ノ中ニ居ルカラネー！　明日ハ、るるぶニ載ッテタ、フェイマススポットヲ、案内シテクダサイネー！　今日ハ、脾臓(ヒゾウ)ニアルホテルニ泊マルカラネ～！」

欧米人風の男は笑いながら、吹き飛ばさんばかりにバチコーンと扉を閉め、司令室を後にしました。

署員たちは、辱(はずかし)めを受けた少女のように、誰もが打ち拉(ひし)がれました。司令はひどく悲しい顔をして、びいどろの欠片を拾い集めていました。

この後、林檎ちゃんは発熱し、床に臥すことになりました。

学校を早退した日があったでしょう？　あの時のことです。

発熱というのは、しなぷすの仕事ではありません。私たちにとって予期せぬハプニングが重なることで、いつも意図せず起こるのです。

可哀想な林檎ちゃん……。

高熱と腹痛にやられて、さぞ辛かったことでしょう。

けれども、その体内もまた体内で、とてもとても辛かったのですよ。

当然ながら、緊急会議が開かれました。

「そもそも誰なんだアイツは」

開会と同時に挙がった議題に、参加者は閉口するばかりでした。小脳にある会議室の円卓に着いた各署幹部と他数名の署員、ならびに司令は腕組みをして考えます。私たちは日本人しなぷすです。あのような欧米人風の男に見覚えはありません。

「風邪菌か?」

「あんな金髪の風邪菌は見たことがないぞ」

「突然変異しなぷすかも」

「待て、奴は『観光シニ来タ』と言っていた。外来の者であるのは間違いない」

「それでは一体、何者なのだ」

いきなりの混迷となった会議。その重苦しい沈黙を破ったのは、大慌てでやって来た若い署員の「わかりました!」という大声です。

彼は、「大脳図書館」にて奴の正体を探るべく資料を探していました。その手には、『ほけんたいいく・ぜんぱん』と附票の貼られた、くすんだ本が握られています。これまでの人生で林檎ちゃんが得た『知識本』のうちの一冊でした。

　彼は息を整える間も置かず、付箋の頁を開き、該当部分を指差して言いました。

「アイツは、インフルエンザです！」

　林檎ちゃんは、これまでにも何度か風邪をひいたことがありますよね。その際には、私たち白血球部署が風邪菌を追い出していました。しつこい性格ではありますが、一般的な風邪菌というのは、そのほとんどが「どうせ俺なんて、最後は風邪薬にのされちゃうんだ」というような、陰気臭くて悲観的な奴らです。少しの時間と風邪薬様のトドメさえあれば、撃退は容易なものでした。

　でも、あの欧米人風の男……「インフルエンザ」なる者は、今までの連中とは明らかに違っていました。

　小物である気がしない、と言いましょうか。

　あの傍若無人を見てもわかるように、彼は「自信満々」。

　陰気と悲観には程遠い立ち居振る舞いだったのです。

「オ前ラナンカニ、俺ガ追イ出サレルワケ、ナイダロウ！」

　彼の一挙手一投足からは、そんな台詞が滲み出ているようでした。

　見覚えがないのも当たり前。これが、林檎ちゃん人生初のインフルエンザ感染だったのですから（……それにしても六月にインフルエンザに罹患するだなんて、季節外れも甚だしい。なんかちょっとズレているというか、へんてことというか、そこがまた林檎ちゃんらしいと言えばそうなのですが……）。

「風邪菌の類と知れたなら話は早い。白血球部署に対処してもらおう。アイツをボコボコにして、追い返しなさい」

幹部の署員が言い、賛同の声が上がりました。

「お待ちください！」

異を唱えたのは、資料を持ってきてくれた若い署員です。

彼は本のある一節を指でなぞり、読み上げます。

「『インフルエンザは、風邪とはちょっと違って、とてつもなく厄介。A型とB型、二種類あるけど、特にA型の強さは危険みたい。手洗いうがいをしっかりしようっと！』と、記されています」

「……風邪より厄介だって？」

「はい。そして、思い出してください。アイツのポロシャツに入っていた文字」

「ポロシャツの文字？　……あっ！」

「『A』。……そうです。アイツは、A型のインフルエンザなんですよ！」

幹部が目を見開き、若い署員は頷きました。

会議の参加者たちが、大きくざわめきました。

「そして、何より肝心なのはここです」

若い署員は、次の頁の一節を示します。

『インフルエンザが重くなると、死んでしまうこともある。それくらい強くてほんとに危険』

「死……」

幹部がずるずると椅子に沈みました。

若い署員は本を閉じ、会議場を見回して言います。

「いいですか。下手に手を出して、アイツを怒らせてはなりません。どんな報復があるか、考えるだけでも恐ろしい。ここはぐっと我慢して、風邪薬様がいらっしゃるのを待つのです」

◇

翌日から、大脳室の幹部や署員によって結成された「インフルエンザおもてなし隊」、略称「イもて隊」の活動が始まりました。もちろん、奴のご機嫌を取って、林檎ちゃんへの被害を防ぐためです。私と司令も参加しています。腕っぷしと判断力を見込まれてのことです。

イもて隊は、朝も早くから脾臓の高級ホテルへとインフルエンザを出迎えに赴きました。

荘厳なエントランスのソファで待機していると、朝食を終えたインフルエンザが現れました。イもて隊の面々はすっくと立ち上がり、揉み手をしてへこへこと頭を下げます。

「イヤァ、昨日はよくお眠りになれましたか？」

「エヘへ、お食事はお口に合いましたか？」

「ウフフ、今日もまた一段と風格のあるお姿で」

低姿勢のおじさんしなぷす三人を、インフルエンザはジーンズのポッケに両手を突っ込み、爪楊枝をチッチチッチ言わせながら見つめていました。サングラスの奥の表情は読めません。

「あのう、インフルエンザ様……？」

おじさんのひとりが恐る恐る顔色を窺った時、インフルエンザは咥えていた爪楊枝をプッと吐き出しました。額に柄が直撃し、おじさんは「アイターッ！」と言ってひっくり返りました。

インフルエンザは、「HAHAHAHAHA！」と笑い、

「グッ・モーニング、エブリワン！　今日ハ、案内、ヨロシクネ〜！」

そうして白い歯を輝かせながら、イもて隊のひとりひとりと握手をして回りました。

何が面白いんだこいつ。沸いてんのか？

……辛抱、辛抱。

今に見ていろ。風邪薬様がいらっしゃったら、貴様なぞすぐに八つ裂きにしてくれる……。

イもて隊の腹の底には、そんな臥薪嘗胆の炎がごうごうと燃えていました。

私たちはまず、インフルエンザを腎臓室へと案内しました。

ここには、我がしなぷすの誇る「毛細血管ホール」があります。

多目的ホールであるここ毛ホー（我々内での略称）では、定期的に演奏会が行われています。この日は演奏会の予定はありませんでしたが、司令室からのお達しで、インフルエンザのために、特別開催される運びとなっていました。毛細血管奏者であるかざまつり氏にも、わざわざ来ていただきました。

氏は、三歳から五十五歳の現在に至るまで、毛細血管音楽一筋。四年連続で金盤血管賞を受賞している、林檎ちゃんのしなぷすを代表する演奏者です。気難しい御仁ですが、「異文化交流のためならば」と、今回のことを快く引き受けてくださいました。

がらんとしたホール内の中心、一番の良席にインフルエンザを座らせます。彼はずうっと風船ガムをくちゃくちゃしていました。

舞台の天井からは、縄のような、色とりどりの毛細血管が垂れています。これを引っ張ると、血管の先に繋がっている筋線維が共鳴して音が出ます。音階に合った毛細血管を上手に操ることで、曲を奏でるのです。

席について間もなく、ホール内の照明が落とされ、舞台に光が集中します。袖から、袴姿のかざまつり氏が現れました。

氏は恭しく礼をして、赤と緑と青の毛細血管を掴み、静かに引っ張ります。

ホールに心地いい和音が響き、演奏が始まりました。

そうして、五分ほど経った頃でしょうか。

演奏にうるるときていた私は、ふと、隣席のインフルエンザを窺ってみました。

彼は、風船ガムを顔の倍くらいの大きさに膨らませていました。音楽を聴いているようには見えません。

その様子が、舞台からもわかったのでしょう。

かざまつり氏は、静かなものから激しいものへ、がらりと曲調を変えました。インフルエンザの気持ちを盛り上げようと考えたのだと思います。

モンキーダンスをするみたいに毛細血管を引っ張り、バタバタと舞台を動き回る、かざまつり氏。

「ヘイ、ストップ、ストップ！」

突然、インフルエンザが手を叩きました。

演奏が止み、汗だくのかざまつり氏が不快そうな顔をします。

「オマエ、全然ダメ！　エイフェックス・ツイン聴イタコトアル？　エイフェックス・ツイン！」

そして、
インフルエンザは立ち上がり、すたすた歩いて舞台に上がりました。

「オマエノ音楽、クソ退屈！　時代遅レノ、ファッキン・ジジイ！　見テロ、コレガ本物ノテクノダゼ！」

と言うと、かざまつり氏を押しのけ、毛細血管を引き千切らん勢いで、むちゃくちゃに引っ張り出しました。

騒音が爆発し、止めに入るため舞台に上がらんとしていたイもて隊がひっくり返りました。「やめろ！　やめんか！」と、かざまつり氏が肩を掴みかけましたが、すっかり陶酔状態となって踊っているインフルエンザの肘が顔面に入り、氏は鼻から組織液を噴出して昏倒しました。

「何とかしろ、いろり君！」

随分後ろの席から司令の大声がしました。そんな所にいたのかと、私はびっくりです。

ホールには、工事現場のような爆音が満ちていました。私は耳を塞ぎながら必死になって舞台に上がり、インフルエンザを羽交い締めにして、耳元で「とまって、とまって！」と言いました。

「こんなに素晴らしい演奏、代金を払わずに聴くだなんて良心が痛みます。今度は是非ともインフルエンザ様だけの公演を組んで、きちんと集客してから、演奏会を行いましょう！」

私が言うと、インフルエンザは気を良くしたようで、「ソウダネ、ワカッタ！」と言いました。

よかったと思ったのも束の間、彼は舞台を下り際に、「タダ、テメーノ音楽ハ、ホントクソ！」と言って、伸びているかざまつり氏を踏んづけました。

このいかれヤンキーが。のしたい。のしたい。今すぐのしたい……！

インフルエンザを乗せて移動中の、白血球リムジンの車内。イもて隊には、そんな怒りの波が寄せては返しています。誰ものこめかみに青筋が入っています。

せっかくの演奏会をコケにしまくるあの横暴。こいつは本当に観光する気があるのか。

◇

後部座席に座ってコラーゲン酒を舐めていたインフルエンザが、「ヘイ、ハナクソ共」と言いました。

「次ハ、ドコニ連レテッテクレルノカナ？　モウ、欠伸(アクビ)ノ出チマウ余興ハヤメテネ？」

イもて隊は必死に青筋を隠し、引き攣(つ)った笑みで答えます。

「次は、小腸にある糖質分解所へ行きますよ。ここの採れたてスイーツは絶品なのです」

インフルエンザはしばらく無表情でしたが、やがて「フーン」と溜息をついて、

「ワタシ、甘イノ嫌イ。ドッカ違ウトコ行キタイ」

徹夜で観光順路の予定を組んできた署員のおじさんが、行程表を握りしめてぷるぷ

る震えました。

「胃デ、ショッピングガシタイ。胃ハ、体内デ一番栄エテイル街ナンダロ？」

インフルエンザは、ぐびりと杯を呷（あお）ってげっぷをしました。

「胃ニ、胃ケ。ナンツッテ。ＨＡＨＡＨＡＨＡＨＡＨＡＨＡ！」

◇

案の定、インフルエンザは胃でも大暴れです。

往来を行けばすれ違う女しなぷすに下品な冗談は言うわ、スカートめくるわ、可愛らしく近づいてきた野良菌は蹴っ飛ばすわ、信号は無視するわ、駐車してある血小板車に十円キズつけるわ、露店に並ぶ美味しそうな栄養素を代金も払わず勝手に食べるわで、追従するイもて隊の怒りとストレスは最高潮に達していました。

靴屋での試着中、踵の具合を調整しようとしゃがんでいた店主の顔面に放屁された時には、さすがの署員も堪忍袋の緒が切れました。

「おい、てめえ！」

若い署員が、猛然とインフルエンザに摑みかかります。

「いい加減にしねえと……！」

胸倉を摑まれたインフルエンザは、「オ～？」と言って、不敵な笑みを浮かべました。

「ナンデスカ？　イイ加減ニシナイト、ナンデスカ？」

若い署員は尻込みし、「ぐぬぬ」と言いました。

「ナンデスカ？　ネエ、ナンデスカ～！」

インフルエンザは若い署員の手を取って、プロレスラーが相手をロープに振るが如く、そのまま彼を陳列棚へと投げました。彼は派手な音を立てて突っ込み、鼻から組織液を噴出してぐったりしました。

「オモシロイデスネ～！」とインフルエンザが笑います。

やはり腕力は一級か、と、イもて隊は思いました。

結局、インフルエンザは、一足も靴を購入しませんでした。去り際の「コノ店センス無サスギ。コレナラぞうりむし履イテタホウガ、マダマシ」との台詞に店主は涙し、「顔に屁までかけられたのに、この言われよう。俺って……」、そうしてふさぎ込んでしまいました。

インフルエンザはその後も傲慢無礼極まれりのやりたい放題で胃街を練り歩きました。彼の過ぎた後には精神と誇りを粉砕されたしなぷすが折り重なります。物を申せば街そのものを破壊され、林檎ちゃんが腹痛に苦しむことになりました。

一発くらいいっとくか、と私は拳を握り締めました。

けれども、幹部は言うのです。

「我慢、我慢だ、いろり君。中間試験の時もそうだった。我々はいつだって、苦しい時を耐え抜いて、そうして活路を見出した。君の気持ちもわかるけれども、今は風邪薬様を待つのみだ」

我々は貧弱です。この段階で戦いを挑めば、すぐに負けるが関の山。

耐えねば、耐えねば、耐えねばならぬ！

私たちは嵐をやり過ごす草花のような気持ちで、風邪薬様の訪れを待ちました。

体内にインフルエンザが居座り始めて二日が経った頃、病床に臥す林檎ちゃんの元に、クラス委員の伊草（いぐさ）君がお見舞いに来ました。

伊草君は、プリントとリンゴを持って来てくれました。彼は提げていたビニール袋を見せるようにして、「林檎さんにリンゴは安直だったかな？」と微笑みました。ベッドから身を起こした林檎ちゃんはマスクをして、「うつっちゃうから、あんまり近づかない方がいいかも」と言いました。

この時の体内では、尻子玉（しりこだま）を抜かれた風情の署員たちが、ぼんやりと眼球モニターに映る伊草君の顔を見つめていました。理知的な顔つきの伊草君は、とても健康そうな血色をしています。「あちらのしなぷすは、こちらの戦々恐々など何も知らないいんだろうなあ」……司令の呟きに、署員は涙しました。

現在、インフルエンザは、大脳映画館でレンタルしてきた『ダイ・ハード2』を、ホテルの自室で鑑賞中です。私たちは久しぶりにおもてなしから解放され、束の間の休息を得ていました。

ただ、インフルエンザが来て二日も経つのに、風邪薬様が訪れる気配は一向にありません。

大脳メインコンピュータは何をやっているのか。

さっさと薬を接種する号令を発してくれないか……。

そう願っていた私たちに、つい先ほど下された信号は、

『自分の回復力を信じよう。薬に頼ってちゃだめ！』

それは尻子玉を抜かれたようにもなるものです。林檎ちゃん、あんまり自分の治癒力を過信しない方がいいですよ。あなた自身がへっぽこなのに、その体内の誰が強くあるでしょうか。我々はあなたと同じくへっぽこなのです。

「風邪薬様は、いらっしゃらないいんだ……」

署員は失意のどん底にありました。

耐えればいつかは救われる……その信念が無情にも叩き折られたのです。

この世には、神も仏もいないのか。

私たちはアイツとの共存を選び、横暴に堪えながら、ずっとへーこらして生きていかねばならないのか……。

果たして、これらの想いが眼球モニター越しに伊草君へ伝わったのかはわかりません。

「林檎さん、ちゃんと薬は飲んだ？」

天井の拡声器から聞こえた伊草君のその声に、司令室は「えっ」となりました。

「ううん、飲んでない。薬に頼っちゃいけないと思って」

「駄目だよ、飲まなきゃ。いつまで経っても良くならないよ」

「でも、自分の力で治すのが大事だって、こないだテレビでやってて……」

「けど、二日経っても熱が下がらないんでしょ？　たぶん、自分の力だけで治すのは無理があるんだよ」

伊草君が喋る度に、司令室はざわめき立ちました。

署員の瞳の奥に、徐々に希望の光が灯り始めます。

「でも……」

「早く元気になって、学校に行きたいだろ？　そうしたら、薬を飲まなきゃさ」

いつの間にか司令室には、伊草君を応援する声援が満ちていました。「もっと説得しろ、伊草なる青年!」「林檎ちゃんに薬を飲ませろ!」「頑張れ、説き落とせ!」……両こぶしを握り、精彩を得てきた署員たちの間にはやがて伊草コールが巻き起こり、辺りは合唱と手拍子で熱を帯びたお祭りのようになりました。「い・ぐ・さ! い・ぐ・さ!」

「でも、でも……せっかく二日も、自分だけで頑張ってきたし……」

そして、最後まで踏ん張る林檎ちゃんの頑固を、伊草君は見事に打ち砕いてくれました。

「僕は、早く学校で林檎さんに会いたいよ。皆だって、同じ気持ちさ」

林檎ちゃんは、ポッとなりました。司令室の温度が増しました。

しばらくの葛藤はありましたが、やがて林檎ちゃんは、こくりと小さく頷いて、

「……わかった。飲む。お薬、飲むよ」

私たちは歓声を上げて、誰彼構わず抱きあい、むやみに握手をしました。

嬉しい、嬉しい!

これで救われる! 報われるのです!

……その喧騒をかき消すように、出入り口の扉がバチコーンと勢いよく開け放たれ、インフルエンザが現れました。

「ヘイ！　映画終ワッタノニ、誰モ迎エニ来テナイジャナイカ！　私ヲ怒ラセルト、酷イコトニナリマスヨ！」

　インフルエンザはそう言って、身近にいた署員の頭を緑色のビニールスリッパでスパーンと叩きました。

　私たちは「えへえ、すいません」と頭を下げながら、目をギラリとさせます。いよいよ禊の時は来た。てめえの命はあと数時間だ。これまでの散々の非礼不作法傲慢不行儀、泣いて詫びても許しはしない。血祭りにあげたのち、野良菌の餌にしてくれる。

　インフルエンザは「アクションシタイ。アスレチックニ連レテケ」と言いました。『ダイ・ハード2』に感化されているようでした。

　体内にあるアスレチックと言えば、左脚の関節から下部が有名です。靭帯雲梯やアキレス腱迷路は白血球部署の訓練にも使われるほど本格的で、脛骨から舟状骨にかけての長趾伸筋滑り台は、角度が急でスリル満点です。

　イもて隊は、インフルエンザを連れて左脚部へ赴きました。筋草原に点々と設置されたアトラクションで、数人のしなぷすが遊んでいます。

インフルエンザは「ホラ、今、ぶるーすッポイダロ！」と、愉快そうにアスレチックに興じました。サングラスに咥え煙管(キセル)で雲梯を行く姿はブルースというかマッカーサーでしたが、イもて隊は「イヨッ、マクレーン！」と囃し立て、彼を気持ち良くさせました。

そうして、不本意な接待が続く中。

いよいよ、待望の瞬間がやって参りました。

その出現に気付いた司令が、「アッ！」と声を上げます。

インフルエンザが、長趾伸筋滑り台に登っている時。滑降部の着地点の砂場に、白装束を着て杖を携えた、禿頭白髭の老人が現れました。

そう。

その御仁こそ、待ちに待った救世主……風邪薬様！

イもて隊は狂喜乱舞しました。林檎ちゃんが薬を飲んでくれたのです！

何も知らないインフルエンザは、勢いよく滑降部へ踏み出し、滑りながらこちらに向かって手を振りました。当然ながら、誰も振り返しません。接待は終わりです。

「これまでよくも苦しめてくれたな！　お前はもうおしまいだ、ば～か！」

イもて隊のおじさんが脱イもて宣言を唱え、歓声が上がります。インフルエンザは

「what's?」みたいな顔をしました。

風邪薬様が、杖を天に掲げます。

私含む脱イもて隊の白血球部署員は、サッと風邪薬様の後ろについて、アルカリ土類警棒を構えました。まず風邪薬様が一撃喰らわせて、弱ったところを私たちが囲んでひき肉にするのです。

風邪薬様の頭上に、ゴロゴロと雷雲が立ち込めます。「出た、イブプロフェン雷雲だ！」と幹部が言いました。この雷雲から放たれる雷撃を受けて平気だった風邪菌はいません。

私たちは、インフルエンザが着地するのを今か今かと待ちました。

インフルエンザは、滑降部を滑り下りながら、いやに落ち着いていました。

——今思い返せば、あの時の彼はまさに「不気味」という言葉がしっくりくるほどに、冷静でした。

着地の瞬間を見計らって、風邪薬様が杖を振り下ろします。

大太鼓が破裂したような轟音と共に、蒼々とした閃光がインフルエンザを撃ち抜きました。

それを合図に、白血球部署員が、雄叫びを上げて突撃します。

嫌な予感と言いましょうか……。私は突撃せず、その場に留まっていました。

「オラこの！　オラこの！　オラこの！」

白血球部署員が、うずくまるインフルエンザをぼこぼこ殴りました。風邪薬様は達観したようなご尊顔で、その様子を見ながらフムフム頷いておりました。

ふいに、悲鳴が上がりました。

ひとりの白血球部署員が、インフルエンザに鉄の爪を喰らわされ、宙に浮いていました。そして短い断末魔の後、署員は鼻から組織液を噴出して、ぐったりしました。

インフルエンザを取り囲んでいた白血球部署員がおののきます。

「随分、刺激的ナコトシテクレルネ……」

実験に失敗した博士のような出で立ちになったインフルエンザが、そこに立っていました。

見た目こそ黒焦げですが、彼は、イブプロフェン雷撃を受けてもまるで堪えていなかったのです。

「君タチ。ドウナルカ、ワカッテルネ……？」

インフルエンザは焔のように揺らめき、次の瞬間に白血球部署員たちをのしました。それから風邪薬様の髭を引っ張って、着地点の脇にあった『老廃物箱』という、人間界で言うところのゴミ箱にぶち込みました。風邪薬様は、たちまち排出物となってどこかへ行ってしまいました。

思ってたのと違う。

脱イもて隊は腰を抜かしました。失禁する者もいました。

風邪薬様が、アッサリやられたという衝撃。

そして、インフルエンザの強靭さと戦闘力——。

どうしようもなく絶望しました。脱イもて隊はぷるぷる震え、しかしいまさら取り繕っても後の祭りであるとぼんやり察して、己を嘲るように笑いました。

「林檎ちゃんは……しなぷすは、おしまいだ……」

誰かが呟いて、皆の狂い笑いに拍車が掛かります。「ハハハ、殺せ、殺せよ！」

その時、何と間の悪いことでしょうか。

後から滑り台を滑ってきたある女しなぷすが、勢い余って、インフルエンザの尻にどかんと蹴りを入れたのです。インフルエンザは前のめりに倒れ、女しなぷすは「ああっ！」と言いました。

「ごめんなさい、大丈夫ですか⁉」

そうして狼狽しながらインフルエンザを抱き起こすしなぷすは、肺胞部署の受付……こいきさん、そのひとです。

「こ、こいきさん！」

私は咄嗟に大声を上げました。「そいつから離れて！」

私に気付いたこいきさんは、「あっ、いろりさん！」と嬉しそうに手を振って、

「いろりさんも遊びに来てたんですね。私も今日は非番で、健康のためにアスレチックしてたんです！」

「わかったから、今すぐその場を離れて！」

「え？　いや、だって、このひと蹴っ飛ばしちゃったんですよ」

「いいから逃げて、今すぐ！」

遅かったのでした。

むくりと身を起こしたインフルエンザは、こいきさんを見つめると、ジーンズの尻ポケットからスリッパを抜いて、彼女の頭を叩きました。こいきさんは「ん！」と言って、鼻から組織液を噴出してひっくり返りました。

私の脳裏に、ヘモグロビン横領事件でのこいきさんとの思い出が去来します。いつも元気なこいきさん。将来は甘味処を開きたいこいきさん。庭付き一戸建ての欲しいこいきさん。私に「頑張って！」と言ってくれたこいきさん……。

丹田でマグマが蠢き、両腕に信じられないほどの力がこもりました。

この野郎……！

灰燼(かいじん)に帰すとはどういうことか、私が教えてやろうではないの……！

激情の導火線に火が点き、魂の奥底から活力が湧き出ます。

そうして怒りのままに警棒を握る手が震えた……まさに、その瞬刻。

どす、と、両手首に奇妙な痛みを感じました。

そしてそのまま、私はあへあへと崩れ落ち、身動きが取れなくなってしまいました。

『きんこじゅちゃん』が、私の感情に反応し、乳酸針を打ち込んだのです。

たまったもんじゃありませんでした。これは威力に問題ありです。上層部はちゃんとこれを試用したのか。それとも頭がおかしいのか。

疲労どころか五体すら満足に動かせなくなった私は、舌を出して「えれれれれ」とよだれを垂らしながら、引きつけを起こしてしまいました。

インフルエンザが、鷹揚に両手を広げて高笑いしました。

「オ前ラノ魂胆ナド、オ見通シヨ！　コノ私ガ、ソコラデ市販サレテルヨウナ、二流ノ風邪薬ニヤラレルトデモ思ウテカ！」

そうして、脱イもて隊ににじり寄ります。

「貴様ラ、粉ミジンニシテヤルゾ！」

這いつくばりながら、私は必死に、脱イもて隊の最後尾にいる司令に助けを請いました。すると司令は、その場に寝転びました。おっ！　死んだふりのようです！

こうなっては、窮鼠猫を噛むしかありません。

脱イもて隊の面々は、迫るインフルエンザに「武士の誇り！」と叫びながら、猛然と飛び掛かりました。けれどもこの隊は基本的に何の取り得もない中年しなぷすで構成されているわけですから、そんなどうしようもない連中が強いはずもなく、まるで象に弾かれる蟻のように、面々はアッという間にインフルエンザに吹き飛ばされ、口々に「無念」「無念」と呟いてぐったりしました。

インフルエンザは間近の署員を踏んづけて、倒れ伏す私たちを見下ろします。

「イイカ。コレカラハ、私ガＢＯＳＳダ。逆ラウ者ハ、コウダ！」

そうして、踏んづけている署員の頭をスリッパで叩きました。「うわああ、政治暴力反対！」と、署員は叫びました。

こうして圧倒的な力の差を見せつけられ、風邪薬は敗北しました。

そしてそれは、私たちしなぷすの敗北でもありました。

降伏を報せる放送が体内に流れた時、しなぷすは泣き崩れ、悲鳴を上げ、未来を憂い、家族の肩を抱き、不安を噛んで寄り添いました。

この瞬間より、インフルエンザによる絶対王政が始まったのです。しなぷす社会の崩壊でした。

しかし、盛者必衰とはよく言ったもので……。

彼の天下は、かの高名なことわざ通り、まさに三日しかもたなかったのでした。

◇

◇

司令室のお立ち台は、インフルエンザの常駐場所となりました。司令を気取ったこいつの無茶苦茶な指示は、以前にも増して林檎ちゃんを苦しめました。素っ頓狂な命令のせいで、一向に熱も下がりません。でも、文句を言えばスリッパでボコボコにされてしまいます。各筋肉部の屈強な男しなぷすたちが果敢にも立ち向かいましたが、敗北ののちにあばら骨監獄へと投獄。担当者がいなくなり、メンテの行き届かなくなった筋肉と関節がみしみしと痛みます。しなぷすの怖気が伝わってしまうのか、母体の悪寒も止まりません。

恐怖政治とはまさにこれだと、署員は肩身の狭い思いをして、恐ろしさを堪えながら過ごしました。

「全ては唐突であるから偶然で面白いのよ」という言葉を、遠い昔、母から聞いたことがあります。

林檎ちゃんが病床に臥し、数えて六日目の夜、八時半。

「マー」という神々しい効果音と共に、司令室の中央に、天から一筋の光が差し込んできました。その周囲には、ラッパを吹く小さな天使が舞っています。

インフルエンザ含め、全署員は、その、いかにも「神の降臨」みたいな演出をする光に釘付けになり、ぽかんとしました。

やがて「マー」という効果音が徐々に遠ざかり、天使が消え、光が晴れていきました。

焦点であった場所に、赤い外套(コート)を羽織った、パンツ一丁の筋骨隆々の男が、力道山の身構えで立っていました。

「what's……?」

インフルエンザが呟き、赤い外套の男へ近づきました。

赤い外套の男は、ニコニコしています。

「ナンダ？　オ前」

赤い外套の男をじろじろ見て、インフルエンザが尋ねます。

「誰ダ？」

するとと赤い外套の男は、思い切り体を捻り、インフルエンザの顔面に、勢いをつけた、掬い上げるような拳を入れました。

インフルエンザのサングラスが砕け散り、その身が宙に浮きました。

赤い外套の男はニコニコしたまま、宙に浮いているインフルエンザの胸倉を掴み、背負い投げするように地に叩きつけます。それから馬乗りになり、顔面目掛けてボトンボトンと重厚な拳を落とし始めました。

その様子を見ながら、私たち署員は、ただただただあんぐりしていました。

なんだこれ？

インフルエンザが、「ヘルプ」というようなことを言いました。「ヘルプ」しかし赤い外套の男は聞く耳持たずで、途切れることなくインフルエンザを殴りつけます。返り組織液がそのニコニコ顔を彩っていきました。

拳によるプレス作業がどれほど続いたかはわかりません。

インフルエンザのことは、心底嫌いです。大嫌いです。地獄に墜ちてしまえと、何度も思いました。

けれども、ちょっと、これは、あんまり、可哀想ではないかな？

ちょっぴり……やりすぎではないかな？

気付けば私たちは、赤い外套の男を囲んで「もういいんじゃないかな」という説得を始めていました。

けれども赤い外套の男は、

「なあに、インフルエンザにはこれくらいするのがちょうどいいんですよ、ハハハ」

と、絶えず殴り続けました。制止しようにも、山のようなガタイの彼は少しも動じず、私たち雪国もやしがいくらその体を引っ張っても効果はありませんでした。

拳を受けるインフルエンザは、両脚をびくんびくんさせて、いよいよ苺グミみたいになってしまいました。

赤い外套の男は、苺グミと化したインフルエンザの首根っこを掴み、老廃物箱へぶん投げます。

そうして汗ひとつかかず、唖然とする私たちに向かって、再び力道山の身構えをとって、ニコニコと言いました。

「私の名はタミフル。君たちを助けに来たぞ」

◇

学校を休んで一週間。林檎ちゃんはようやく全快し、元気を取り戻しました。

風邪薬の野郎が効かなかったから、タミフル様を飲ませた。……これは、母上様の良策でした。その一計によって、しなぷすは救われたのです。この手記があなたの目に触れることがあったなら、まず母上様にしなぷすからの感謝をお伝えください。

そして実は、タミフル様の降臨の影には、司令の暗躍がありました。

風邪薬がやられたあの時、彼は死んだふりをしながら地を這って左脚部を脱出し、眼球部署へと赴きました。そこで、両目をひたすら「瞬き」させるよう、指示したのです。

布団の中で無言で瞬きしまくる林檎ちゃんを見た母上様は、「キャーッ！　なんだか変！」と、風邪薬が無力だったことを悟り、意識朦朧とする林檎ちゃんをおんぶして車に乗せ、病院へ赴き、お医者様に見せてくださったというわけです。インフルエンザの横暴に気を取られていて、まったく気付かなかった……。

再び平穏を取り戻したしなぷすは、またもや日々をのんびり過ごすこととなりました。これまで通り、お立ち台には司令が立って、ふわふわと指示を飛ばしています。

「ああ、やっぱり平和が一番だなあ」

ある日の昼下がり、机に頬杖をついてミネラルスルメを齧りながら、だいごろうさんが呟きました。

「もう。中間試験の後のように、またフヌケになってはいけません。常に気を張っていないから、インフルエンザなんかの侵入を許してしまったんですよ。しっかりしてください」

私が言うと、だいごろうさんは「わかっとるよう」と苦笑いしました。

◇

インフル事件が落着し、安寧が続くかと思われた体内。

ですが、間を置かず、またも苦難の影が忍び寄ります。

この魔物は、中間試験だのインフルエンザだのとは格が違うほど、厄介なものでした。

そう。

思えば、あの「お見舞い」の時から、それは始まっていたのですね。

【三】桃色の陽

何かがおかしいと気付いたのは、夏休みが終わり、二学期が始まって四日ほどが経ったある金曜日のことです。

その日も私は、林檎ちゃんの起床に合わせて持ち場につき、勤務を開始しました。そうして学校に着くまで、普段通りの業務を行いました。

そして気付いたら、林檎ちゃんが帰宅の途についていました。眼球モニターには土手の向こうの夕焼けがあって、橙色が文字通り目いっぱいに滲んでいます。

美しい陽に見とれながら、私は「ん？」と思いました。

もう夕方？

私の中には、ついさっき仕事を始めたような体感がありました。司令室に入り、タイムカードを切り、朝礼をして、机について、手帳の予定を確認して……ふと顔を上げたら、眼球モニターに夕暮れが満ちていた。

それくらい、時を短く感じたのです。

夏休みボケだろうかと思い、私はお手洗いで顔を洗いました。

鏡に映る自分を見つめながら、今日一日を回想してみます。けれども思い起こされるのは、朝から暑くて汗腺部署が大忙しだったこと、登校中に林檎ちゃんが『もっと、もーっとタケモット～』と口ずさんでいたこと、塀の上の野良猫にフーと言われたこと、校門の前で百枝先輩に会って挨拶したこと、そして靴箱から上履きを取り出したこと……どう頭を捻っても、それくらいしか思い出せません。

私は愕然としました。

この日の学校での出来事の全てが、記憶からごっそり抜け落ちていたのです。

……もしかして、これは何かの病気じゃないかしら。

何かの病原菌に感染しているのじゃないかしら……。

怖くなって身を抱きながらお手洗いを出ると、ちょうど同じタイミングで、男子しなぷすお手洗いから、何故か青ざめた司令が出てきました。

「司令」

私が声をかけると、司令はびくりとし、右手を突き出して「よせ、いろり君。俺に近づくな」と言いました。

「俺は、病原菌に感染しているかもしれん。うつる可能性がある」

「……なんですって？」

「実は……俺には、今日という日の記憶がないのだ」

司令がそう告白した時、今度は通路の向こうから、血の気の失せただいごろうさんが身を抱くようにして歩いてきました。だいごろうさんは私たちに気付くとハッとして、「近づくな！　病原菌がうつっちまう！　俺、今日の記憶がねえんだ！」と言いました。

結論から申すに、記憶を無くしていたのは私たち三人だけではありませんでした。

なんと、林檎ちゃんという母体に住むありとあらゆるしなぷすが、本日の学校生活を追憶できなかったのです。

一昼でなるパンデミックはありません。

つまり、私たちは病原菌に感染してはいない……。

となると、林檎ちゃん自身に素因があると見るのが妥当でしょう。

夜、林檎ちゃんが寝静まってから、私たちはこの事案について緊急会議を開きました。

資料を漁り、様々な側面から原因を究明しましたが、記憶を無くした理由はわかりませんでした。ただ、外敵の侵入を防ぐ「くしゃみ発破」の使用時刻や、先生の注意を逸らす「船漕ぎ用白目」の作動記録を見るに、私たちが真面目に業務に取り組んでいたことは間違いありません。

どうして、記憶だけが欠落しているのか……。

「原因のない問題はない」

司令は言いました。

「ヘモ横領事件の時もそうだった。記録を洗おう」

そうして全器官から上がってきた本日の記録を読み返していると、二点、不可解な部分がありました。

まず、学校にいる間に、大脳メインコンピュータの酸素消費量と心拍数が爆発的に上がっている瞬間があったのです。現在は試験期間ではありませんので、林檎ちゃんは上の空の雲に寝転がって授業を受けています。やる気がないのにこの消費量は不自然です。それに、消費量が上がっているタイミングが瞬間的であるというのも気になります。

もう一点は、酸素消費量と心拍数が上がるのに付随して、体温も異常に上昇しているということです。インフルエンザ到来の際と同等の高熱が感知されています。でも、風邪菌侵入の報告はありません。

じゃあ、なにゆえ。

さっぱりわからん。

私たちは首を捻り、何も考えていないくせにいかにも何か考えているふうに腕組みするのに終始しました。

一同の前で、司令は眉間を揉みます。

「記録は嘘をつかん。だが、原因を探るには、ちょっと情報が少なすぎる。もし、明日にも同じような事象が起こるのであれば、緊急対策班を組まねばならんだろう」

「同意」「同意」と声が上がります。

「明日は一日中、どんなに些細なことでも記録するよう、各器官の署員に通達せよ。その中で気付いたことがある者は俺に報告すること。林檎ちゃんを守れ。林檎ちゃんの周囲で何かが起きているなら事だ。有事の際には、各員、全力で林檎ちゃんを守れ。以上、解散」

司令が言って、署員は席を立ち、会議は閉会となりました。

◇

翌日の土曜日、夏休みが終わって初めての休日です。

午前十時半に、林檎ちゃんは起床しました。大脳メインコンピュータが起動し、署員は緊張感を漲らせます。

母上様の「休みだからって、いつまで寝てるのよ～」という小言を聞き流し、朝食を済ませて身支度を整え、林檎ちゃんはお散歩へ出かけました。

何事が起きてもすぐ対処できるよう、私たちはずっと身構えていました。

家を出た林檎ちゃんは、いい具合の日向を探して練り歩き始めました。十分ほどして、中央公園のベンチが欅の木陰になっているのを発見。そこで持参してきたクッキーを摘んでいると、いつものように小鳥が寄ってきたので、ふたかけあげました。

おやつを終えた林檎ちゃんは、うたた寝を始めました。澄んだ風が吹いて、大脳メインコンピュータが「きもちいい～」という心緒を表します。

でも、こちらとしては一切気が抜けません。油断大敵火が亡々、眠りの世界へ誘う昼の倦怠を、署員はファイト一発タウリンを飲んで乗り切りました。

お昼寝を終えた林檎ちゃんは、やることがなくなったのか、ふらふらっと神社へお参りに向かいました。

この時、午後三時。

私たちの記憶は掘ればすぐに当たるほど、頭の中にしっかりあります。

しかし昨日、学校での同時刻には意識がなかったはずです。

「杞憂だったのか……？」

眼球モニターを見つめる司令が呟き、ポピンポピンとびいどろ（新品）を吹きました。

「今のところ、何も問題はないぞ。どうなっているのだろうか」

それからも私たちは、いつなんどき何が起こっても対処できるようおりました。

ですが、その後、林檎ちゃんが神社から帰宅して一日を終えるまで、私たちに異常が起こることはありませんでした。

更にその翌日、日曜日にも、司令は全器官のしなぷすに警戒命令を出しました。けれども、これもまた不思議なことに、特筆すべき異変は起こらず。

土曜、日曜を経ても、私たちは記憶を無くさなかったのです。

署員の頭上には、いよいよ疑問符が踊ります。

幸いと言えば幸いなのですが、では、あの金曜日の不可解にはどういう決着をつけましょう。司令もまだまだ腑に落ちないようでしたが、あまりに警戒態勢を敷き続けるのも署員の気骨が折れるので、「とりあえず一般業務体制に戻れ」と全器官に号令を発しました。

それから夜が明けて、月曜日の朝。

また一週間が始まります。

私は、林檎ちゃんの起床に合わせて持ち場につき、勤務を開始しました。

気付いたら、林檎ちゃんが帰宅の途についていていました。眼球モニターには土手の向こうの夕焼けがあって、橙色が文字通り目いっぱいに滲んでいます。

美しい陽に見とれながら、私は「ん？」と思いました。

……もう夕方？

その日のうちに、全器官に緊急事態宣言が発令されました。土日と何らおかしいことはなかったはずです。しかし月曜にこの有様。署員の顔にべったり貼りつく、不安と焦燥……。

「原因究明対策本部を設置する！」

司令が声を張り上げます。

その号令を受けて早急に組まれた対策班は、林檎ちゃんのしなぷすの中でもことさら頭の切れる者たちで構成されました。

彼らはすぐに記録を分析し、一日の中で酸素消費量と心拍数が不自然に急上昇している瞬間こそに、時間加速の原因があると考えました。

「では、その不自然な上昇は林檎ちゃんの生活のうちの、いつのタイミングで起きていたのか。その点を纏めてみました」

そうして会議で配られた資料には、林檎ちゃんが過ごした本日のタイムスケジュールが事細かに記されており、該当箇所に赤丸と上昇回数が入っていました。

見るに、

『朝礼中。出欠に返事をした時、一回』

『二限目・数学。先生の板書中、一回。指された問題を間違えた時、一回』

『四限目・音楽。教科書のベートーヴェンに落書きをしている時、一回』

『昼休み。教室でお弁当を食べている時、一回』

『六限目・理科。アルコールランプに点火した時、一回。指された問題を間違えた時、一回』

資料を読んだ誰もが苦い顔をします。「だから何?」と暗に言っているような表情です。

「これは、法則性があるんですか?」

私は手を挙げて、対策班に質問しました。

代表である、ひどく痩せた、爪楊枝みたいなメガネ・ボーイが席を立ちました。

彼は見た目こそ蹴り一撃でいけそうな雪国もやしですが、その聡明っぷりで右に出る者はいません。幼少より神童としてその名を体内に轟かせ、まるで水切り石の如くぽんぽんと学年を飛び級、わずか十四歳で大脳司令室での勤務を開始して、それから二十三歳の現在まで、我が国家の頭脳の核を担っています。

でも、そんなメガネ・ボーイですら、この問題には難渋しているようでした。

彼は丸眼鏡のつるを直しつつ、困ったように答えます。

「現段階では、わかりません。最初は、恥をかいた瞬間に消費量が上がるのかと考えたのですが、一概にそうではないようで」

「先生の板書中であったり、ベートーヴェンにいたずらしてたりで上がるのはおかしいですもんね」

「ただ、このタイミングは必ず今回の事案と因果関係があるはずです。もう少し時間をください。必ず解析してみせます」

メガネ・ボーイが言って、対策班は大きく頷きました。

◇

火曜日もまた同じです。私たちにひとかけらの記憶も残さず、時間は光のように過ぎ去りました。

山みたいに積み重なった記録を、対策班は夜通しチェックし倒します。私も残業し、彼らにイソフラボン珈琲を注いでやりました。彼らが頑張っているのに自分だけ帰宅するのは、なんだか後ろめたいですから……。

「ありがとう」

机に向かう、げっそりしたメガネ・ボーイがカップを取ります。両頬に逆三角の海苔がついていると思ったら、痩けていただけでした。

「いろりさんの淹れてくれる珈琲は美味しいから、捗るよ」

彼は、私のような左足の薬指出身者にも公平な態度で接してくれます。珈琲の香りを楽しむその様にもどこか気品が漂っていて、育ちの良さを感じます。いいね。

「お疲れ様です。原因は摑めそうですか？」

「いや……」

メガネ・ボーイは憂鬱そうに珈琲を啜ります。

「『三限目、国語』、『四限目、英語』、『五限目の休み時間』……どういうわけか、今日の酸素消費上昇は、昨日と全く違うタイミングで訪れているんだ。教科に関連性があるという予想が崩れてしまった」

それからメガネ・ボーイは、手元の用紙に私にはよくわからない数式をつらつら書いて、法則性もないようだということを説明してくれました。対策班は、この酸素消費・心拍数上昇のタイミングは突発的事象である、と結論付けました。

ただ、そう結論付けたところで何ができるのかというと、何もできないのです。

明くる水曜日の日中も、時間は全速力で疾走し、残像たる記憶はみじんこほども残りません。更には木曜日、金曜日までも、まるで地球の自転が狂ってしまったかのように、風切音と共に過去の彼方へ吸い込まれていきました。

しなぷすは震えます。私も不安でした。何か自分が、正体不明の暗黒の泥沼に引きずり込まれていくような気がしていたのです。このまま一生、得体の知れないものに時間を吸われ続けるのだと思うと、平静を装っているはずの心がざわざわしました。

そんな不安の中、私たちはここで、たったひとつの朗報となる規則を発見します。

翌日の土曜日、時間が全く加速しなかったのです。

思い返せば、歴然とした記憶が実像を持っています。この事実は、私たちの励みになりました。そして嬉しいことに、次の日曜日にも、ありのままの時が流れてくれたのです。朝から晩までを、明確に回想することができたのです。

休日には、問題が起こらない。

授業のある日……。

つまり、学校のある日にだけ、時間加速が発生する。

対策本部及び司令室面々はこの発見で気力を回復し、問題解決に向けて勢いづきました。

予見ですが、おそらく明日の月曜日は、また時間が加速します。今日のうちに何かしらの方略を立てねばなりません。

対策班は一致団結し、労力を惜しまず講究にあたりました。

司令が壊れたのは、午後九時を回った時分です。

明日の準備を終えた林檎ちゃんがスマホを見た時、突然に体内温度が上昇を始めました。具体的な数字を覚えています。三十八・二度まで上がりました。

すっかり気を緩めていた私たちは完全に意表を突かれ、事態の対応に追われました。あっちの器官に発汗せよ、こっちの器官に脂肪分解を待たれよ。諸々、ぐわんぐわん、司令室の署員は無我夢中で信号を発しました。

その間に不自然なのは、普段はあんなに偉そうに指示を飛ばす司令が、司令室の隅にしゃがんで、地に指でへのへのもへじを書いていたことです。

署員は司令を見遣り、眉根を寄せました。

私は直線的なしなぷすですから、この非常時にそのような訳のわからないことをする司令の肩をとんとんと叩いて「何やってんですか?」と訊き、「司令らしくしてくださいよ」と続けました（この時、署員の面々は何だか安堵の面持ちでした。皆、私が先陣切って単刀直入に物申すのを、実は嬉しく思っているようです）。

司令はしゃがみ込んだまま、弱々しくこちらを向いて、とろけたチーズのような顔つきをしました。その頬が、いやに赤い。それから「ペッチャピョンポヨン」と、きたねえびいどろの吹き方をしました。

日頃より、司令は咳払いをするが如くの頻度でびいどろを吹いています。でも、この「ペッチャピョンポヨン」という気味の悪い音色は、着任して以来初めて聞きました。ゾッとしました。私の印象ですが、どうにもこれは、路地裏で男を誘う女のべたべたした声みたいに聞こえたのです。

「ペッチャピョンポヨン、じゃなくて。サボってないで、ちゃんと業務を全うしてくださいよ。一大事ですよ」

私は言いました。

すると、司令はこれまた初めて見るような気色の悪い笑みを浮かべて、自分のこめかみをコツンと叩き、

「あは。怒られちゃったわ。やーん」

ぺろりと舌を出し、ウインクで星を飛ばしました。

「……は？」

「やめてちょ、いろりん！　そんなに怖い感じで見られたら、あたしだって困りけり～！」

司令はそう言って、くるりんとお姫様のように回転し、マントをはためかせました。室内に寒風が吹き荒(すさ)び、様子を見守っていた署員が凍り付きました。腰を抜かす者もいました。私はこの世の終わりを見据える顔をしていたと思います。たまらず後ずさりしました。気持ちが悪くてなりませんでした。

「お、お前……どうした？」思わずお前呼ばわりです。

「お前……。オ、オカマか……？」

司令は笑いながら口元を両手で覆って「なにそれ、この時代にドーヒ～！」と言いました。

「オカマじゃなーい！　オカマじゃなくてオネエ～！　やあーん！」

口を押さえて退室する署員がいました。吐きに行ったのでしょう。司令室は悪寒寒気団に包まれ、静まり返りました。そんな様子を変に思ったのか、司令はすっくと立ち上がって、人差し指をふるふる振りながら、

「こおーらあ、みんな！　林檎ちゃんの非常時なんだから、止まってないでキリキリ動けー！　食べちゃうぞ～！」

私は司令の目を覚まそうと、ビンタしました。『きんこじゅちゃん』は反応しません。このビンタは、激情とか、そういうことではないですから。「あん」と言って吹き飛んだ司令は、そのまま倒れてぐったりし、動かなくなりました。

おっと、思っていた以上に力がこもっていた。

私は慌てて駆け寄り、司令の肩を揺すりました。

司令はよだれを垂らして気持ちよさそうに失神しており、白目のままぴくりともしません。

「すみません、つい」

そうして更に揺すってみると、司令の頭から、旧制高校の帽子がはたりと落ちました。

そして私は、息を呑みました。

と言うのも……どういうことか、露わになった司令の頭頂に、「ぴょこん」と一輪のチューリップが生えており、可愛らしい桃色の花を咲かせていたのです。

日曜日の深夜一時。林檎ちゃんが夢の中でむにゃむにゃ言っている最中、いたたま

れなくなった私とだいごろうさんとメガネ・ボーイは、連れ立って胃街にある料亭『割烹へそ』へと赴きました。司令が壊れたことで気疲れしてしまったので、晴らしに来たのです。

イノシン酸出汁のいい香りが漂う店内には、疎(まば)らに客がいました。私たちは奥の座敷に上がり、突き出しをつつきながらぼそぼそと話をします。

「俺は司令を小さな頃から見ていたが、あっちのケがあるとは全く気付かんかった」

だいごろうさんが、寂しそうに呟きました。

「それにしても、どうして司令はこのタイミングでカミングアウトしたのでしょう?」

不思議そうなメガネ・ボーイ。

「さあな。時間がおかしいもんで、心のタガが外れたんじゃねえか」

「今回の問題が解決しなかったら人生に悔いが残るので、ありのままの自分で生きようと決心したのでしょうか」

「あれがありのままって、お前……」

「まあまあ、ほら、嫌なことがあった時は潔くお酒に逃げましょう。乾杯乾杯」

私は、だいごろうさんとメガネ・ボーイにお酌をしました。

とろとろと夜は更け、卓には空いた鉢と皿と徳利が増えていきます。メガネ・ボーイは下戸だったらしく、飲み始めてから三十分もしないうちにゆでダコのようになり、機関銃みたいにしゃっくりを始めました。私はちょっと心配になりました。

「大丈夫ですか?」

「何がですかあ?」

そう答えるメガネ・ボーイの眼球は、左右別々にくるくるしています。

「ほら、お水飲んでください」

「ぼかあね、いろりさん。そう簡単にお酒には屈しません。大体どれくらい飲んだらいけないのか、わかっています。ぼかあね、その限度を守って、楽しんでいます。心配ご無用」

メガネ・ボーイは知的な笑みを見せました。呂律の回っていない時点でもう駄目な気がします。

「でも、明日からまた時間加速が始まるわけですから、ほどほどにしておくのがいいですよ」

「ぼかあね、いろりさん。今、すごく楽しいよ。なんせさ、小さい頃から、決め事、決め事ばかりでさ。神童と呼ばれようが、ぼくだって普通のしなぷすの子なわけさ。思春期には辛くもなったんだ。どうして皆と同じように外で遊んだり、遊戯に興じたりできないいんだろうって」

「はあ」

「けど、こうして、ぼくは同僚と深夜にお酒を飲んでる。ちょっと、ワルを感じない？明日のことも考えずに、若さに身を委ねて、お酒を飲んでるんだよ」

「明日のことを考えてください」

「ぼかあね、心のどこかでワルに憧れていたのかもしれないな。だから、今、楽しくって仕方ないんだ。ずうっと、本当に、良い子だったから。でもさ、ぼくも皆みたいに、普通に生きたかったわけ。良い子を演じていただけなんだ。げえっぷ」

「うわ、くっせえ！」

「そこでさ、今のこの状況、すごく楽しいんだ。ぼくはさ、同僚と、君みたいな仲間と、お酒を飲むことが、何より楽しいんだ。お酒を覚えてよかったと思う。これは心の錠を外してくれる。これはぼくに許された、唯一の娯楽のように思うんだ」

「はあ」

「だからさ、お酒、本当は得意じゃないんだけれど、飲むんだ。酔って皆といるのが楽しいからさ、ここでしか楽しさを感じられないからさ」

メガネ・ボーイはぐいとお猪口（ちょこ）をあおって、熱い息を吐きました。

「ああ、くらくらして気持ちよい。これは魔法の水だあ」

「ちょっと、もう」

「いやはや、お酒っていうのは本当に、この世の楽園を内包しているなあ」

私は何だか、メガネ・ボーイが可哀想になりました。一般のしなぷすは天才に憧れ、そうなりたいと苦悩するものですが、天才もまた天才で苦しみを抱えているものなのですね。

でも、私は彼を何と励ましていいかわからず、「えーと。元気出してください」と場当たり的なことを言いました。

するとメガネ・ボーイは「うむ」と頷いた後に「うむ。うむググググ。グー」と言って潰れ、そのまま突っ伏して寝てしまいました。

その隣で、割箸で皿を叩いていただいごろうさんが鈍い目つきで「おかわり、おかわり！」と叫びます。こちらもだいぶいい塩梅でした。

「だいごろうさんも、あんまり飲んでは駄目ですよ。いい加減にしないと」

「うるせえ。いいから亜鉛ロックで持ってこい。持ってこいよお」

それからいきなり、だいごろうさんは熊のような体を震わせ泣き出してしまいました。私はその豹変ぶりにびっくりしました。こっちは何だ。

「ああ、司令よい、司令よい。どうして玉無しになっちまったんだよい。俺は悲しいよい」

そうしてだいごろうさんは、ドバドバ溢れる涙を袖で拭います。泣き上戸だったのか……。

「まだ玉無しかどうかはわかんないですよ。パニックに陥ってるだけかも」

「俺はな、司令は気弱ではあるが、けれども根っこは先代の意志を継ぐ、男々しいしなぷすだと尊敬していたんだよい。なのに、なのに」

「ちょっと、落ち着いて。今時、男とか女とか流行りませんよ」

「あのな、いろり君。司令っておひとはな、いつもはいかにも頭脳明晰で冷静沈着なふうだが、本当は泣き虫毛虫の激ヘタレなんだ」

「知ってます」

「司令はな……ええい堅苦しい、もろぼしはな、小さい頃はいつも先代にべったりで、父親のマントを掴んで離さない甘えん坊だった」

だいごろうさんは洟(はな)を啜ります。

私は、先代の陰に隠れる、こどもの頃の司令の姿を思い浮かべました。

「些細なことで、びいびい泣いてさ。こんなんが跡取りで大丈夫なのかと、俺たちは心底心配したもんだ」

「そうだったんですか」

「でもな、先代はもろぼしの頭を撫でて、『この子は必ず立派になる』と笑うんだ。ヘタレのあいつを一度も叱らなかった」

だいごろうさんは、空になった徳利を振ります。

「あいつが変わったのは、先代が亡くなった時だ。その日から、あいつは泣かなくなった。これからは自分がしっかりしなくちゃいけないと、そういう自覚が芽生えたんだろうな。まるでしなぷすが変わったかのように、ひとつも涙を見せなくなったんだ」

そうしてだいごろうさんはつまらなそうに徳利を投げ、ヒックヒックとしゃっくりなのか嗚咽なのかわからない痙攣を始めました。

「それが突然のオネエ化だ。俺あもう、何を信じて働きゃいいんだよい。あのチューリップは何だよい〜」

卵の殻を噛んだような違和感を覚えたのは、その時でした。

司令の頭に生えていた、チューリップ。

そう言えば、あれは何だ……。司令なりのお洒落の一種でしょうか。

しかし……この時から、その疑問が私の頭の中でぐるぐる回り始めるようになりました。

「原因のない問題はない」という司令の言葉が思い起こされます。

恥ずかしいことに、私はその原因についてここまで全く考えていませんでした。そうだ。司令がオネエ化した際に起きた変化と言えば、クソみたいな言動の他に、あの頭のチューリップが顕著ではありませんか。あれこそが原因なのでは？

明日会ったなら、チューリップを思いっくそ引っこ抜いてみよう。私は密かにそう決心しました。

うわおおん、と泣いているだいごろうさんがやかましかったのか、寝ていたメガネ・ボーイがむくりと顔を上げました。彼はゆでダコから膨れきったナスみたいな顔色へ変貌を遂げており、しばらく無表情でしたが、突如マーライオンのように、げろげろと戻し始めました。ちょうど料理を持って来た女将さんがそれを見て「キャーッ」と言いました。大人になる前に、林檎ちゃんも覚えておいてくださいね。過労時の過度な飲酒はよくありませんよ。

店を出て、私は酔って泣くだいごろうさんを血小板タクシーに放り込みました。厄介なのは、自身の胃の中をでんぐり返してしまったメガネ・ボーイです。彼の自宅を知りません。どこに連れていって寝かせればいいのか……。

往来にくたばるメガネ・ボーイを前に、悩みに悩んで、私は「こいつを胃街にある白血球派出所に預けよう」と思いつきました。これは名案。宿に突っ込むより早くてヘモもいりません。職務特権というやつですね。

「ほら、気を確かに。行きますよ」

私はメガネ・ボーイの肩を支えて、胃街の西にある派出所へと赴きました。派出所の前には、潰れた酔客が三名ほどいました。皆、しきりに泣いていたり、笑っていたり、怒っていたりします。署員の青年しなぷすが、迷惑そうに対処にあたっていました。

彼は私とメガネ・ボーイを認めるや、迷惑そうな表情に磨きをかけました。しかし、私が白血球手帳を見せて訳を説明すると、青年署員は快くメガネ・ボーイを泊める手筈を整えてくれました。ありがたや。

メガネ・ボーイというお荷物を捨てるための書類に必要事項を記入していると、派出所のカウンターにもたれて笑っていた女性しなぷすが、突然、「ありゃりゃ～！」と大声を上げ、私の足にしがみついてきました。

「いろりさんじゃあないですかー！」

見れば、そのべろべろりんに酔った女性しなぷすは、右肺室肺胞部受付、インフルエンザの尻を蹴った女こと、こいきさんではありませんか。

私はびっくりして、彼女の手を取りました。

「こいきさん、なんでこんなところに？」

こいきさんはウヘウヘと笑いました。普段は可愛らしく纏められている髪が、まるでメデューサのようにぐねぐねしています。目の焦点も合っていません。

「いやあね、ちょっとね。行きつけのレストランがキャンペーンしてたもんでね、飲みすぎちゃったのかもしれませんねえ」と言って、こいきさんは呵呵大笑しました。

「だってポリフェノール熱燗が一本二百ヘモですよ？　二百ヘモ！　そら明日死ぬとしても飲むでしょ、アハハ！」

「もう、駄目でしょう。自分の限度を知って飲むからこそお酒は美味しいのよ」

「えへ、えへ。いろりさんも飲みすぎて一宿一飯の公務員温情にあやかり祭りですか？仕方ないですね～」

「私は付き添いです。こちらの眼鏡を連れてきただけで」

「あら、これはまたいかにも利口そうな御方ですねえ」

こいきさんは、へたり込むメガネ・ボーイの顔を覗き込みました。

そして、彼の頬をぺちぺちと叩きます。

「大丈夫ですかあ？　大丈夫ですかあ？」

「う、うええ」

メガネ・ボーイは、薄く目を開けました。それから、鼻と鼻がつきそうになるくらいまで顔を近づけているこいきさんを見て、「うあ？」と呟いた後……まるで瞼が吹き飛んでいかんばかりに、カッ！　と目を見開きました。

「ん？」

そんなメガネ・ボーイの様子に、こいきさんが、不思議そうに首を傾げます。黒い髪が猫の尾のようにふわりと揺れ、アルコールと石鹼の混ざった匂いが漂いました。

メガネ・ボーイは、ビシリ、と、石膏に固められたように動かなくなりました。

それから次第に、彼の周囲に、少女漫画の恋する乙女の背景にあるような無数の点描と、色とりどりの金平糖が浮遊し始めました。床からは、たくさんの赤い薔薇がニョキニョキと生えてきました。

「え、なにこれ？」と思って窺うと、メガネ・ボーイの瞳の中には銀河が渦巻いています。

メガネ・ボーイとこいきさんは、視線を縫われたように見つめ合いました。

そうしているうちに、どこからともなく「ダバダー・ア〜ア・ダバダー・ダバダー」という高い女声の旋律が聞こえてきました。同時に、ふたりがゆっくりと円を描くように回転を始め、空間が一瞬で淡い桃色に染まりました。

おののく私を残して、ぐるぐる、ぐるんぐるん……まるでこの世界はふたりのメリーゴーラウンドよと言わんばかりに回転の速度が増していきます。その遠心力によって拡散された桃色の空気は、いやにべたべたしていました。

やがて「ダバダー・ダバダー・ア〜」という締めで音楽が終了し、両者の回旋はゆっくりと収まりました。

その後、ふたりは何事もなかったかのようにフイと顔を背け、再び酔いに身を任せて笑ったり眠ったりしました。

そのうち手続きを済ませた青年署員が戻ってきて、「そちらの眼鏡さん、こちらへどうぞ」と手招きをしました。メガネ・ボーイは、覚束ない足取りで派出所の奥へと消えていきます。青年署員が「あとは任せてください」と胸を叩きました。

「お願い致します」と私は答えて、帰路を辿りました。

これで一安心、肩の荷が下りたわと、ゆうゆう歩いていきましたが……。

……いや、やっぱり、無視できない。

気になる。

何だ、さっきの……！

◇

解決できない疑問をこねくり回している頃にはもう、夜のしじまがほどけて、朝の気配が満ちていました。

林檎ちゃんの全細胞が鼓動して、地に、空に、街に、じわりじわりと光が染み込んでいきます。夜勤のしなぷすたちと、私たち日中に働くしなぷすたちとの、バトンタッチの時間です。

眩しさに目を細めながら、私はくたくたの体を引きずって、脊椎ハイムの自宅へ戻りました。太陽が月のストーカーを続ける限り、夜と朝は繋がるもの。でも、ああ、もう少し、昨日の底に沈んでいたかった……。

私は簡単に身支度をして、カロリーメイトを齧ります。すぐに司令室へ赴こうと自宅を出てエントランスに差し掛かったところで、郵便受けに手紙が入っていることに気付きました。

簡素な白い封筒の裏には、母の名が。

その場で開封し、読んでみます。

手紙には、私を案じる母の優しい心配がありました。私は郷里の家族を想い、洟を啜って、それから「頑張ろう」と思いました。封筒を大切に鞄にしまって、足音高く歩き出します。一睡もしていませんが、泣き言を言っている場合でもないのです。

今日は、月曜日。

時間加速が始まる。

八時を知らせる目覚まし時計が鳴り、林檎ちゃんが大きく伸びをして「ふああ」と欠伸をしました。その体内ではどこからともなく号鐘の音が響き渡り、「おはようございます。本日も頑張りましょう」と、宿直しなぷすの声が木霊(こだま)して聞こえます。

私は顔を張って気合を入れ、通勤経路を行き、司令室の扉をくぐりました。

早い出勤でしたが、数十名の署員がいました。やはり皆、ジッとしていては落ち着かないのでしょう。対策班の面々は鉢巻をして何やら演算をしており、全身から勉強おたく特有の臭そうなどどめ色の蒸気を噴いています。

林檎ちゃんがもぞもぞと布団から抜け出し、いよいよ「生活」のスタートです。

署員が集まり始め、司令室は徐々に活気づきます。各員、今日こそは原因を暴いてやるという情熱十分のようで、室内は熱帯みたいになりました（メガネ・ボーイとだいごろうさんはお休みでした。二日酔いでしょう）。

身仕舞した林檎ちゃんが、「行ってきます」と言って、玄関の扉を開け放ちます。

眼球部から快晴の日差しが、鼻腔部から朝の澄んだ空気が、表皮部から九月の薫風が存分に送られて、体内に軽やかな光の粒が吹き抜けました。署員たちは己を鼓舞するように頷き合い、えいやっ、と改めて仕事に取り掛かります。

この時、どういうわけか、司令がまだ来ていませんでした。

いつもなら誰よりも早く出勤して、お立ち台に上がって大脳メインコンピュータの傍でびいどろを吹いているはずなのです。

遅刻でしょうか？

こんな肝心な時に、あの野郎。

しかし、来たら来たでオネエなのだったと思うと憂鬱……。

私は、上着のポッケに入れたガーゼを確認します。これは司令のチューリップを引っこ抜いた後の穴ぼこに蓋をしようと持ってきたものです。

林檎ちゃんは、まだ眠気の覚めやらぬふにゃふにゃした足取りで、通学路を行きます。

ご同輩の皆さんと挨拶を交わしながら側道を進んでいくと、正面に校門が見えてきました。

署員は身構えました。目をかっぴらき、これから己が感ずるものの何もかもを記憶しようとします。両瞼をセロテープで固定する者もおります。カプサイシンを顔面に塗りたくっている者もおります。

私は心頭滅却しました。対策班は、林檎ちゃんが校内へ足を踏み入れる寸前まで、必死の形相で鉛筆を走らせて、よくわからない計算をしていました。

「おはようございます」

校門の前に立つ体育教師に礼をして、とうとう林檎ちゃんが、校内へ――。

――その時。

誰かが。

――誰かが、林檎ちゃんの背後から、「おはよう、林檎さん」と声をかけてきて、

林檎ちゃんが振り向いて、

時空がぐんにゃりと捻れて、

地球そのものが壊れた、と思いました。

まるで自分の意識が地べたに繋がれたまま、体だけが遥か後方へ吸い込まれていくような感覚がして、ぱっ、と、私の視界が暗転。

すると今度はいきなり、火山の噴火口に落ちたみたいな体感が。そのあまりの熱に、しかし悲鳴を上げることもできず、狭い空間を跳ね回るゴムボールのように、体が二転三転四転五転、ぐるんぐるん、天と地が入れ替わり、地と天が入れ替わり……。

絶えず全身を襲う大揺れと、鈍い痛み。

そして突如、どおおおん、という爆発音――。

――それから、どれくらい経ったでしょう。

水飴が滴るように、とろとろと、ゆっくり、ゆっくり、ようやく意識が戻ってきて……。

頬に、冷たい感触がありました。

がんがんする頭をもたげて、私は、自分が司令室の床に倒れているのだと自覚しました。

ビイビイビイビイ、警報が鳴っています。一面が非常灯で真っ赤に染まっており、天井の蛍光灯が激しく点滅して、無茶苦茶になった室内の光景をストロボのように見せていました。

机という机はひっくり返り、機器という機器は壊れて煙を噴いていました。署員は棚に頭を突っ込んでいたり、伏したりしていて、苦しそうに唸る者もあれば、すっかり気絶している者もあります。

い、いったい全体、何が……？

「あ、あうう……」

私は痛みに耐えながら立ち上がり、壁にもたれて、体内環境早見表を見ました。

林檎ちゃんの全身に、たくさんの裂傷を示す、赤い×印が現れています。

林檎ちゃんは、うめき声を上げて、うずくまっていました。

眼球モニターには、林檎ちゃんの左膝が大きく擦り剝け、どくどくと血を滴らせている様子が映っていました。

林檎ちゃんのご同輩たちと先生の、「大丈夫？」「先生！」「すごい転がったぞ！」「保健室に連れてけ！」という声が、天井の両耳拡声器からぼんやりと聞こえてきます。

林檎ちゃんはご同輩の肩を借りて、校庭から保健室へと向かいました。先生も付き添っています。

◇

その道中に、先ほど何が起こったのか、意識を取り戻した対策班が私たちに解説してくれました。

彼らによると、こうです。

今、林檎ちゃんは体操服を着ています。そして隣にいるのは、体育の先生です。

本日の時間割で言うと、体育は五限目。

つまり、朝に林檎ちゃんが校内へ踏み込んだ瞬間から、時間加速は始まっていたわけです。努力の甲斐虚しく、私たちは記憶を取り留めることができていませんでした。

そうしてこれまで同様、アッという間に終わるかと思われた一日――。

けれども、ここで幸か不幸か、体育の授業で一〇〇m徒競走を行っている最中に、林檎ちゃんはもの凄い勢いで転んでしまったのです。

その痛みの衝撃が私たちにも届き、時間の加速が遮断された……。

私たちが体験したあの恐ろしい大揺れは、林檎ちゃんが転倒したことによるものだった――。

現状を飲み込んだ署員は、しばらくぽかんとしました。

でも、いつまでも呆けてはいられません。

とにかく、林檎ちゃんの治癒をしなければ！

惨憺たる室内を整えるのを二の次に、署員たちは各地の裂傷部へと向かいます。私を含む一部の者は司令室に残り、事態の対処とそこらへんの掃除を行うことにしました。

「それにしても、ああ、さっきは本当に驚いた……」

たんこぶをさすりながら、若い署員が呟きます。

それもそのはず、ここまで派手にすっ転んだのは、林檎ちゃんのこれまでの人生でも初めてのことなのです。泥だらけで保健室へ入室した林檎ちゃんを見て、怪我人に慣れているはずの保健の先生も「あらま！」と驚いたくらい。

「随分派手にすっ転んだのねえ」

「いやあ、もうタイヤみたいにごろごろ転がるもんだから、びっくりしちゃいましたよ」と、体育の先生。

「何かに躓いたの？」

保健の先生の問いに、林檎ちゃんは恥ずかしそうに俯きます。

その時、おかしなことに、大脳メインコンピュータが「かっとう」という心緒を示しました。

ただ、それは一瞬のことで、すぐに林檎ちゃんは「はい」と小さく頷きます。

同時に、私は、胸の真ん中に、ちくっ、と針で刺すような妙な痛みを感じました。

何でしょう……？

シャツの襟元を引っ張って、ちらりと覗いてみましたが、別に傷などはありません。

ちくっとした痛みは、私の呼吸に合わせて続きます。ぐええ……私は不安になりました。よくないところでも打って、鞭打ち的なアレになったのか……？　外傷がないだけで、実は内部に損傷があるのか……。

痛みは続きます。ちくちく、ちくちく、ちくちく……。

そして、びしり、と、胸の中の、何かの「殻」に、ヒビが入ったような気がしました。

そのヒビから、まるで漏水みたいに、欠落しているはずの記憶の断片が染み出てきます。それはすぐに勢いを増し、一気に殻を破って溢れました。

私は回想の濁流に飲み込まれ、目を閉じる他なくなりました。

瞼に浮かんだのは、先の徒競走の光景です。

「位置について、用意、どん！」と、体育の先生が手を叩きました。

右脚中足骨が蹴り出す地面。続く左脚の筋線維のうねり。燃焼する酸素とエネルギー炉。

暴れる心臓のポンプ、どうどうと巡る血液。捻られる汗腺蛇口、振る右手、左手、捻る腰、躍動する肺、慣性に摑まれる髪、風を切る体感……。

ふと両隣を見ると、同級生の中で、自分が一番負けている。自分が一番遅れている。必死になって、空気を泳ぐように虚空を掻いて、吸って吐いてのテンポを上げて、もっと速く、もっと速く、ビリは嫌、ビリだけは嫌……。と。

「頑張れ、林檎さん！」

六〇mを過ぎた辺りで、そんな声が聞こえました。

体内の全器官が、まるでコンセントが抜けたみたいに、ぴたっ、と、活動を停止しました。

両足がもつれて、あ、と思った時には、世界がぐるんぐるん回っていました。

「それじゃあ、俺たちは授業に戻るぞ。大事をとって、この後は寝ておけな」

その体育の先生の言葉に、私の意識は現在へ引き戻されます。

——今のは、何？

……今日、私が忘れていた記憶。

じゃあ、あれは誰の声？

……誰の声がして、林檎ちゃんは……私たちは、動かなくなったんだ？

動けなくなってしまったんだ？

「いろりさん、大丈夫ですか？」

考え込んでいると、いつの間にか若い女性署員が私の顔を覗き込んでいました。

「具合が悪いんですか？　さっきの揺れで、どこか打ったんじゃ……？」

「あ、いえ……」

私は取り繕うように笑って、仕事に戻りました。針のような痛みは、嘘みたいに引いていきます。

ご同輩と体育の先生が退室し、林檎ちゃんは保健の先生の治療を受けました。

林檎ちゃんは消毒液を塗られている間、ずっと黙っていました。

保健の先生は、「骨折しなくてよかったねぇ」と微笑みます。

「じゃあ、そこのベッドで休んでなさいね」

最後に左膝に大きな絆創膏がぺたんと貼られ、外的な治療は綺麗に終わりました。

しかし、息つく暇はありません。

「自然治癒力」とは、しなぷすの働きを指す言葉です。擦り剝いた傷を塞ぐのは、私たちの仕事なのです。

「ちょっと、私も左膝の様子を見てきます」

私は近くにいた署員にそう伝え、先ほどの不可解な回想を振り切るように、白血球パトカーの鍵を取りました。

◇

左脚の「膝の皿広場」には、しなぷすがごった返していました。

患部の周りには、バリケードテープが張り巡らされています。頭上には擦り傷の一帯が紅く滲んであって、それはまるで夕日の差すステンドグラスのように見えました。

野次馬しなぷすの人垣の先には、署員たちの姿がありました。皆、黄色いヘルメットを被っています。線維芽細胞をいっぱい載せた手押し車を押しているひとりが、私の前を横切りました。ホースで患部に浸出液をかけている署員と、天井に張り付いて、金槌で栄養素を打ち付けている作業員しなぷすが、やかましく会話をしています。皆、一刻も早く林檎ちゃんを治そうと頑張っていました。

私にも何かできることはないかと辺りを見回した時、野次馬の中に、見覚えのある旧制高校の制服を発見しました。

口を半開きにして、司令が治癒作業を見物していました。

「司令、司令！」

私は大声で呼びました。

気付いた司令が「あら、いろりん」と口を押さえて、それからぶんぶん手を振りました。「いやあん、いるなら言ってよお！」

私は司令の元へ行き、「なんでここに？」と尋ねます。

「どうして司令室に来なかったんですか？　あなたの穴を埋めるの大変だったんですよ！」

すると司令は、何故だかぽかんとしました。それから「なんで、アタシが司令室に行かなきゃいけないの？」と、とんでもないことを言いました。

「あんた司令でしょうが」

「アタシ、司令なの？」

「玉と一緒に脳みそも取っちゃったんですか？」

「アタシ、司令なの……」

どうにも様子がおかしい。オネエである以前に、今のこやつはへボすぎる。

司令はヘタレとはいえど、知能指数の高いしなぷすでした。何かしらの毒物でも喰らったんじゃないのかと思っていると、向こうから、ボコボコという殴打音と共に「オラア、きびきび働かんかい、左足の親指野郎！」という大声が聞こえてきました。

見ると、大脳司令室の中年署員が、ツルハシを持った左足親指の初老署員をシバいていました。初老署員は低頭し、殴られるのを怒ることもなく、へろへろと笑っていました。中年署員は、更に初老署員の尻を蹴飛ばします。初老署員は蹴り飛ばされた勢いで、向こうへと消えていきました。

中年署員は腕組みをし、ガハハと笑いました。

「全く、これだから下層しなぷすの連中は。この一大事に緊急招集されたからって、トロくって何の役にも立ちゃしねぇ！」

まるで見えない糸に操られるように、私は自然とその中年署員の前に立っていました。

中年署員は「お？　おめえは白血球部署の新入りこむすメー」と言って、鼻から組織液を噴出しました。殴ったわけです。

威力の不服申し立てを受けて改善こそされましたが、すぐに両手首に『きんこじゅちゃん』の痛みを感じ、私はよだれこそ垂らさなかったものの直立したまま引きつけを起こしました。無言で痙攣する私を見て、司令が「あはは、おもしろ〜い！」と笑います。お前……。

しなぷす差別を、久しぶりに目の当たりにした瞬間でした。

左足親指の署員は、零れるほど汗を流して働いていました。

それでも、あの仕打ち……。

出身がどうというだけで、あの仕打ちを受けるのです。

怒りの萎んだ後に残ったのは、鉛のような悲しみでした。

と同時に、自分も現場で作業にあたろうという気力がすっかり削がれてしまっていました。

引きつけの状態が落ち着いてから、私は司令の腕をむんずと掴みました。彼は「あん、デートのお誘いかしら。大胆ね！」とウインクしました。

「司令室に連れていきますから」

私は強い口調で言いました。

「オネエになったって、司令は司令なんですから。指揮を執ってください」

「やあ、痛い、痛い！　いろりん、力が強い！」

「うるせえ！　さっさとこっちへ来てください！」

「やあぁ、行きたくない！　アタシはこれからキモスイの新作の薄荷香水を買いに行くのお！」

何故か抵抗する司令とすったもんだしていると、ふいに背後から強く肩を掴まれました。

「んだコラ！」

怒声と共に振り返った先にいたのは、昨夜、酒精にのされたメガネ・ボーイではありませんか。

「あれ？　どうしたんですか？」

まだ少し顔色のよくないメガネ・ボーイは、真面目な瞳を私に向けて言います。

「見つけられてよかった。あなたを捜してたんだよ」

「え？」

「大脳司令室に行ったら、いろりさんがここにいると聞いて。……実は、昨晩のことについて、どうしても尋ねたいことがあって」

「……はあ。なんでしょう？」

「派出所で酔いの地獄螺旋を彷徨っていた時、僕はもしかして、雷に打たれはしなかったかい？」

「……えーと？」

「自分ではよく覚えていないんだけれど、あの時、何かこう……全身に電気が巡ったような、頭の天辺から足のつま先まで痺れて動けなくなるような、お腹の底に熱い甘酒を流し込まれたような、これまで体験したことのない、不思議な感覚を味わった気がするんだよ」

何を言い出すかと思えば、何を言い出しているのでしょう。

私は腕組みをして、昨晩のことを思い返してみます。

「別に、あなた目掛けて落雷なんかなかったと思いますけど……あっ」

そこで脳裏を過ったのは、メガネ・ボーイがこいきさんと陥った、謎の「ダバダー現象」です。

「あれはとても甘美な電撃だった。麻薬的な痛みだった。そこでもう一度その感覚を思い出そうとしたなら、今度はまるで喉に飴玉がつかえるみたいに、ある『モノ』たちが気になり出して仕方がなくなった。こうしている今も、それらを調べたくてもどかしい」

メガネ・ボーイは、眼鏡のリムを押さえてレンズを輝かせました。

「そこで、いろりさん。これから僕と一緒に大脳図書館へ行って欲しいんだ。君は、僕が電撃を喰らった瞬間を見ているはずだ。だからきっと、その『モノ』たちを調べた後に、有益な情報をもたらしてくれるに違いない」

「ちょ、ちょっと！」

私は慌てました。

「そんなことしてる暇ないでしょ！　今は林檎ちゃん有史始まって以来の一大事ですよ。あなたもさっさと司令室に戻って、勉強おたくたちと原因の究明に務めてくださ い！」

「……いろりさん。僕は科学者だ。科学者という生き物は、探究欲に魂を売っている。今の僕は、林檎ちゃんの一大事が些末事にしか感じられないほどに、あの電撃の正体を暴きたくて、好奇心が疼いてたまらないんだ」

「別に直接行かなくても、図書館にその『モノ』とやらを問い合わせればいいでしょ！」

「いや、科学者は自分の目で見たものしか信じない。伝聞で得られる真理なんてない。……これは悪癖だってわかってる。でも、どうしようもないことなんだ」

メガネ・ボーイは一切退かぬ姿勢を見せつけるように、胸を張り、シャツの襟を直しました。

私の頭の中に、天秤が現れます。右方には問答無用で連行という選択が載っており、左方には彼の要望通り大脳図書館へ行くという選択がありました。

簡単な裁判かと思われましたが、いやでも待て。彼はしなぷす国家の知能の中枢、ヘソでも曲げられたなら事態の混乱を招くのではないか。「もう協力しない」と言われる損失に比べれば、私が大脳図書館へ赴く時間の方が安いのではないか。

それに、大脳図書館は大脳司令室の近くにある。彼の調査が長引くようなら拳で諭して連れ帰る。で、十分ではなかろうか……？

私は大人しなぷすですから、この打算をおよそ〇・二秒ほどで済ませました。

「……いいでしょう。その調査に付き合います。でも、すぐに終わらせてくださいね」

メガネ・ボーイは、パッと笑顔を浮かべます。「アタシは行かなくてもいいわよね？」と呟く司令を、私は白血球パトカーの後部座席に放り込みました。「出して！」と喚いたので、ちょっと大人しくさせました。

運転席に乗り込み、エンジンをかけつつ、私はメガネ・ボーイに尋ねます。

「それで、その肝心の調べたい『モノ』たちっていうのは、何ですか？」

「うん。それが、僕もどういうわけだかわからないんだけれど……」

助手席でシートベルトを締めながら、メガネ・ボーイは答えます。

「『レモン』、『ソーダ』、『チョコレート』」

「レモンに、ソーダに、チョコレート……？」

「ああ。……この三つについて、無性に知りたくてたまらないんだ」

ここまでの手記で幾度か出てきた大脳図書館ですが、実際に赴く場面というのはこれが初めてではないでしょうか。
動脈高速をぶっ飛ばし、私たちは図書館の駐車場に着きました。大人しくしていた司令が目を覚まし、「拉致よ、拉致！　アタシ可愛いから拉致されたんだわ！」と騒

ぐので、私は優しく事情を説明しました。すると司令はすぐに「わかったから、アタシも付き合うから、やめて！」と言って、振り上げられた私の拳におののきました。

「じゃあ、行きましょう」

受付に挨拶をして玄関を潜ると、ひんやりとした、荘厳な空気が全身を包みました。ゆうに司令室の百倍はありそうな、途方もなく巨大な空間に、三段に重なるたくさんの書架が並んでいます。高い天井に吊るされた無数の電燈が月明かりに似た光を落としていて、辺りは研磨された夜のようにしんとしています。漂う埃が輝いて、ザラメみたいに見えました。

そして書架には、それはもういっぱいの本がぎゅうぎゅうに並んでいる……とお思いかもしれませんが、そういうわけでもありません。どの書架にも、いい具合に空白があります。ここの蔵書は全て林檎ちゃんの知識・教養から成っていますので、まあ、そんなに、数はない……。

でも、未来のある育ちざかりの十六歳、まだまだこれからたくさんのことを覚えたり習ったり経験したりするのですから、悲観する必要はありませんよ。頑張れ林檎ちゃん。

私たち三人は、『レモン』、『ソーダ』、『チョコレート』に関する本をそれぞれ手分けして探すことにしました。

それにしても、どうしてメガネ・ボーイはこれらを調べたいと思ったのか……。

疑問に思いながらも、私は食べ物全般に関する書架を見つけて、『くだもの』と附票の貼られた一冊を抜きました。表紙に可愛い赤と青のリンゴが描かれている、滑らかな手触りの本です。心なしか、いい匂いがします。

ぱらぱらと捲って『れもん』という項を読んでみます。

幼稚園児が描いたかのようなへたくそなレモンの絵の下に『おそろしくすっぱい。たまにあまい。でもきほんてきにすっぱい。ビタミンCがすごい』と説明文がありました。

私は本を持って、館の中央に設けられた、ソファとテーブルの並ぶ閲覧所へ行きました。ここが集合場所です。

しばらく待っていると、メガネ・ボーイがやって来ました。彼は「お待たせ」と手を挙げ、『のみもの』という本をテーブルに広げて『ソーダ』の項を指で示しました。これまたへたくそなラムネ瓶の絵の下に『おいしい。さわやか。むねがスッとする。水色の味、夏の味、あの日見上げた空の味』とありました。

「で、これらが何？」

私は尋ねます。

「ううん……」

メガネ・ボーイは眉根を寄せて、

「……わからない」

「わからないって……」

「でもやっぱり、これらはあの電撃を解明する上での重要なヒントだと思うんだ。もうひとつ……『チョコレート』の説明が揃ったら、何か閃くかも」

それから私とメガネ・ボーイはソファに腰掛けて、『おかし』という本を探しているであろう司令を待ちました。

しかし、いくら経っても司令は戻ってきません。

そのうち、私は疑念を抱き始めました。

「あいつ、逃げやがったんじゃ……？」

一度そう思い始めると、もはやそうとしか思えなくなってきました。

私は席を立ち、司令を捜索することにしました。

等間隔で並ぶ書架の隙間を見て回ります。数人の利用客はいるものの、旧制高校の制服オネエは発見できません。玄関に戻って受付に尋ねてみましたが、彼は館を出ていったわけでもないようでした。

隠れてんのか？

私は一匹の鼠も見逃さない気合で、しらみ潰しに館内を歩き回りました。男子便所、閲覧所、学習室、視聴覚室、書架の裏、ブドウ球菌信楽焼きの背後……でも、司令の発見には至りません。いよいよいらいらしてきました。

ようし。

そっちがその気なら、こっちだって相応の姿勢を見せてやる。

私は、目につく書架の本を全て抜いては戻していきました。並んだ本の裏側に、体を横にして挟まるように司令が隠れていると踏んだのです。私は負けず嫌いですので、利用客からの奇異の視線もなんのその、北から南へ西から東へ、膨大な量の本を出し入れ出し入れ、司令を探してうろうろしました。

そうしていると、館内の最奥にある『あんのうん』という、林檎ちゃんが理解できない（または理解するのを諦めた）事象や物質関連の本が並んでいる書架の裏の壁に、不自然な切れ込みがあるのを見つけました。

「おや？」

私は書架を押してずらし、その裏にあった壁面を露わにしました。

切れ込みは長方形に走っており、扉のような形をしていました。長辺の一方には、蝶番（ちょうつがい）がついています。

臓ちょ銀の金庫室が想起されました。

これは、隠し扉ではありませんか……！

私はここに司令が潜んでいるとみて、おもむろにその扉を押してみました。すると、ギイ、と切れ込みが開きました。やはりこれは、秘密の扉だったのです！

扉の向こうには、四畳半ほどの、何もない、周りをアスファルトで固めた無機質な空間が広がっていました。まるで牢屋のようです。司令の姿はありません。その代わりに、部屋の中央に、ちょこん、と、手のひらサイズの小さな桃色の箱が置いてありました。

「なんだこれ？」

私は箱を拾って、右から左から観察してみました。赤いリボンがついており、とても可愛らしい見た目です。側面に鍵穴がありました。宝箱みたい。

その時、背後にひとの気配を感じました。

振り返ると、サッ、と、誰かが身を隠すのが見えました。その残像の黒いマントにはもちろん見覚えがあります。旧制高校の制服です。

「司令、こら！」

私はすぐに部屋を出て通路に立ち、辺りを見回します。

右方に、ドタバタと逃げていく司令の後ろ姿がありました。

「てめ、このやろ！」

私は全速力で後を追い、司令の背中に飛び蹴りをかましました。それから馬乗りになり、「逃げるんじゃねえ！」と言って、彼の胸倉を掴み上げました。

「どこに隠れてたんですか！」

私が司令の首をがっくんがっくんさせながら問うと、司令は、私の後をずっとつけていたと白状しました。なるほど、それならいくら私が探し回っても見つからないはずです。

「なんで逃げるんですか！」

「だって、いろりん、乱暴するじゃない！　一緒にいるの、怖いじゃない！」

「それはあなたが気持ち悪いし言うこと聞かないからでしょう！」

「いやあああ、大声出さないでええ！　怖いいいいい！　いやあああああああ！」

司令はめったやたらに抵抗しました。近くにいた利用客のおばあさんしなぷすが「図書館で騒がないの！」と顔を赤くします。私は司令の腕を押さえつけました。「ほら怒られちゃったよ！　静かにしろ！　言うこと聞け！　司令室戻れ！」

そうしてくんずほぐれつしているうちに、ふいに司令の帽子が脱げました。

ぴょこん、と現れたのは、桃色のチューリップ。

あ。

そうだ。

司令がオネエになったのはこの花に寄生されたのが原因かもしれないから、引っこ抜くんだった。

私は桃色の箱を置き、チューリップの茎を摑みました。

司令が、びくん！　と身を震わせます。

「この球根野郎！」

私はそのまま、思い切り引っこ抜きました。

ズボ、とチューリップが抜けた瞬間、司令は「キョエエーッ！」と金切り声を上げました。その鋼鉄の熊手で黒板を引っ掻いたようなヒステリックな叫びを前にして、平気でいられる者などおりましょうか。

私は耳を塞いで転げ回りました。放り出したチューリップが地に落ちます。おばあさんもひっくり返りました。

ひとしきり絶叫したのち、司令はぐたっとして静かになりました。

私はキンキンする両耳を撫でながら、司令のお尻をつま先で軽く蹴ってみました。ぴくりともしません。どうやら完全に鎮静したみたいです。ホッと息を吐いて、彼の頭の穴ぼこにガーゼを張り付けます。

それから、ふとチューリップに視線を転じました。というのも、根の先が、何やらキラリと光ったような気がしたのです。

拾い上げてみると、根先が美しく削がれ、整えられた形をしています。

それは、鍵のように見えました。

——鍵。

根の鍵が映る視界の下方に、桃色の箱。

私は、箱を拾い上げました。

鍵穴があります。

右手に持った鍵と左手に持った箱を交互に眺めながら、「ふーむ」と呟きました。

そして、まさかね、と思いつつ、ものの試しに鍵を差し込んでみました。

鍵は吸い込まれるように穴に収まり、捻ってみると「かちり」と錠の開いた音がしました。

◇

私が桃色の箱を開錠した時、司令が「ううん……」と頭を押さえてムクリと身を起こしました。彼は判然としない顔つきで不思議そうに辺りを見回し、私を認めて「あれ、いろり君?」と呟きました。

「どこだ、ここは。俺は、何をしていたんだ……?」

私は驚いて、司令に駆け寄りました。

司令はこれまで、私のことを「いろりん」と呼んでいました。でもこの時、言葉遣いが普段通りに戻っていたのです。「司令！　玉が戻ってきたんですか！」と私が言うと、「玉って何だ?」と司令は言いました。「それにしても、頭が痛い……」

私はチューリップを捨てて踏みにじりました。

やっぱり、この新手の冬虫夏草が司令をオネエにしていたんだ！

私は司令に、自身がこれまでどのような変貌を遂げていたのかという顚末を説明しました。

司令は「信じられない」と震えます。

「一体どうして、俺はそんなふうになってしまっていたのだ……?」

このチューリップに原因があるにしても、その源泉がいかなるものなのか、とんと見当がつきません。

こいつはどこからやって来て、どうして司令に根付いたのか。

そして、この錠の開いた桃色の箱……。

「なんだ、それは」

私の手のひらに載る箱を見て、司令は首を捻ります。

「わかりません。でも、あなたのチューリップの根の鍵で開いたんです」

言いながら、私は箱の蓋に手をかけました——。

――「行動に淀みがなさすぎる」、と、いつか母に言われたことがあります。

長所か短所か、私は躊躇というものを知りません。だから、その後にまた何かしらの問題が起こるかもだとか、そうすることでどのような影響が及ぼされるのかだとか、そういう未来を考えるよりも先に、この桃色の箱を開けてしまったのは、もう生まれついての性分を呪うしかないのです。

パカ、と、箱の蓋を開けた、その瞬間でした。

伊草君、伊草君……。

まるでダムが決壊するかのように、箱の中から、「伊草君」という多彩で大小様々な書体の文字が溢れ出し、私と司令を飲み込んで押し流しました。物理的な質量を持った文字の大きなうねりは瞬く間に大脳図書館一帯に広がり、無数の大蛇が室内全体を覆い尽くすみたいに全てを沈めます。重々しい音と共に、書架が、本が、机が、椅子が、ソファが、しなぷすが流されていきます。

私は伊草君という文字の波に揉まれながら、どうしようもない悲鳴を上げました。同じく悲鳴を上げて「伊草君」という黄色の大きなゴシック体を顔面に受ける司令が一瞬だけ視界の隅に映りました。

ゴボゴボと沈んだ呼吸のできないその底で、これまで無くしていたはずの記憶が私に滑り込んできて謎の浮遊感を発生させ、春の光の中を漂うような心地を抱かせました。

伊草君と学校で目が合う度に、呼吸が乱れ、顔が紅潮した。

伊草君からメッセージが届くと、熱が上がって、どうしようもなくなった。

伊草君から「おはよう」と声をかけられると、その日は一日、幸せでならなかった。

伊草君から「頑張れ！」と声援を送られると、びりっけつの自分が恥ずかしくて恥ずかしくて、走れなくなって、転ぶしかなかった。

伊草君と接点を得る度に……それは会話でも、目が合うだけでも、その度に時間が加速して、もう一日が速くって速くって、けれども幸せで、しかし苦しくて、どうしていいかわからない。

この感情の名前を知らない。

この感情を、うまく言えない。

それでも、なんとか表現するのなら……。

甘いような、苦いような、すっぱくて、さわやかで、はじけるような気持ち。

それはまるで、レモンとソーダとチョコレートがごちゃ混ぜになって、ぼうっと覚束ない温（ぬる）さで、胸中で溶けていくような……。

自分だけの秘密の宝物みたいな、美味しいような、美味しくないような気持ち。

誰にも明かせない、何故だか「バレたらいけない」と思えてしまう、特別な気持ち――。


――目を閉じた先で、現在の林檎ちゃんが思い描かれました。

◇

林檎ちゃんが保健室のベッドで横になっていると、「おはよ～う」という声と共に、誰かが室内にやって来ました。白いカーテンの向こうから、「おはようって、あなた。もう二時じゃない」と、保健の先生の声。「いや、ほんとは一日サボるつもりだったんだけど、ちょっとさ」と、誰か。

カーテンが開かれます。

百枝先輩が、八重歯を輝かせてにこりとしていました。

「おっすおっす、林檎。あんた、派手に転んだみたいねえ。さっきペンヤやんからメッセもらってさ。心配だからお見舞いに来たよ」

百枝先輩はベッドの縁に腰を下ろして、脚を組みました。

「あんた、このままじゃそのうち死んじゃうよ」

林檎ちゃんが不思議そうな顔をすると、百枝先輩は溜息を吐きました。

「あんた、何で自分がすっ転んだか、わかってる？」

林檎ちゃんは、ふるふると左右に首を振りました。

「あんたねえ……」

百枝先輩はぽりぽりと首元を掻き、

「周りの奴らがとっくにわかってることを、何で自分でわかってないの」

林檎ちゃんは、目を点にします。

「あんた、あいつに声をかけられた瞬間に転んだんでしょ？　漫画みたいに」

林檎ちゃんの目は、点のままです。

「わからないの？」

百枝先輩は笑いました。

「学年は違うけどさ、まだお互いに米粒くらい小っちゃかった頃からの幼馴染だもん。あんた見てたら、簡単にわかるよ」

そして。

「あんたはね。伊草に恋してんのよ」

伊草君への想いの底を漂いながら、私は薄目を開けました。

遠く向こうの水面に、ゆらゆら揺れる、桃色の不確かな陽が見えました。

あれは、初恋の陽でした。

【四】初めての

視覚、聴覚、触覚、嗅覚、味覚。

人間の五感は、生物界においてもかなり上位の精度を持っています。

この五感が優秀なのは、全てが同等の能力であって、絶妙な均衡を保っているというところです。犬は鼻が利きますが二色の色しか識別できませんし、三〇m先の音を聞く象も、おひたしに散らした柚子塩の繊細な味はわかりません。狩りのほとんどを視力に頼る鷹は目ん玉を失えばもはや死んだも同然ですが、人間は視覚を無くしたとしても音で感じ、匂いで感じ、手触りで感じ、営みを保つことができます。

人間の体内にいるしなぷすにとって、この調和のとれた五感は、自慢であり誇りでした。

ハッ！　音階もわからない畜生と同じにしないで欲しいね！

誰もがきっと、腹の底ではそんなプライドを忍ばせていたでしょう。

どこかが欠ければ、どこかが補う。

どこかが陰れば、どこかが照らす。

これまで風邪菌が来て鈍ることはあれど、しなぷすに調律された五感の均衡が狂うなど、一度もありませんでした。


恋。


林檎ちゃん生誕史上、初めて体験するこの「恋」という超ド級の爆弾は、そんな不動の均衡を赤子の手を捻るが如く破壊しました。

視線は定まらないわ、耳は遠くなるわ、肌は過敏になるわ、鼻は利かんわ、味覚は飛ぶわ……百枝先輩の言葉によって林檎ちゃんが「恋」を自覚した途端、外界からの刺激に対する反応が無茶苦茶になってしまったのです。

体内環境も、まるで世界が裏返ってしまったかのように激変しました。

器官の全てが水彩画のような淡い桃色に染まり、重力が不安定になってモノがふわふわ浮きだしました。辺り一面には色とりどりのチューリップが咲き乱れ、金平糖とシャボン玉が浮遊しました。地にはたくさんのハートマークがタイル状に敷き詰められて、それを踏んだら「すき！」という高い女声の効果音が鳴ります。林檎ちゃんが少しでも伊草君のことを想うと、天井から粉砂糖が降ってきました。

そんな桃色要素にあてられたのか、一部のしなぷすは男女問わずメルヘン気質となり、夢見る少女みたいにスキップしながら頰を赤くしてウフフと笑うようになりました。

◇

この恋の桃色感染者は、徐々に数を増やしていきました。

そうしてファンシー堕落の一途を辿るしなぷすたちでしたが、不思議なことに、私と司令は自我が崩壊せず、自然体のままでいました。詳しい理由はわかりませんが、おそらく、あの「伊草君」という、愛念が具現化した文字の洪水を直接浴びたために、何らかの抵抗力がついているのだと思います。

「俺の頭に咲いていたというチューリップは、純度の高い、林檎ちゃんの恋慕の結晶だったのだろう。大脳メインコンピュータの一番近くにいる俺だからこそ、誰よりも先に恋心の影響を受けたのだ」

司令は苦い顔で言いました。「しかし、よもやここまで波及してしまうとは……」

初恋に気付いたあの体育の日から、林檎ちゃんは伊草君を遠ざけるようになりました。

相変わらず学校にいる間は時の流れが加速するのですが、夕方になって一日の記録を見返してみると、大脳メインコンピュータが、「やばい伊草君いる話しかけたいでもこわい逃げたい逃げる」という心緒を何度も表していたとわかったのです。本当は彼に近づきたいのに、どうしようもなくなって離れてしまうらしいのでした。

私と司令は苦心しました。

いったい、これからどうしたものか。

ある日の夕方、フヌケ旋風の巻き起こる司令室のお立ち台の陰に隠れ、私たちはこそこそと話し合いました。

「こんな環境が続いたならば、いよいよ林檎ちゃんが健康で文化的な最低限度の生活を送れなくなってしまう。それに、またすっ転ぶようなことがあっては大変ではないか。どうにか、器官に漂うこの桃色だけでも払拭できないものか」

「でも、こんな『恋』だなんて経験したことないもんに、どう対処すればいいんですか？　対策班は何だか怪しい研究に没頭していて使い物になりませんし」

時間加速に対する分析を諦めたのか、対策班の連中は室内の隅っこに集まって、何やら熱心にバチバチと鉄分を溶接して火花を飛ばしています。何を発明しようとしているのか……。

「それに、図書館で資料を探そうにも、あの伊草洪水で壊滅してしまってますしねぇ」

私が言うと、司令は困惑した表情で後ろ頭を掻きました。

「大脳映画館はどうでげすか？」

ふいに、背後から声がしました。

ひょいと間に入ってきたのは、ハンチングを被った妙齢の男の署員です。耳に鉛筆をはさんでおり、メモ帳を持っています。週末は馬券を握り締めてイヤホン片耳に差せ差せ言っているような、胡散臭い雰囲気です。

見覚えはありませんでしたが、彼は首から署員証を提げています。最近転属されてきたひとであろうと私は思いました。

「大脳映画館か。そいつはいいかもな」

司令はポンと手を打ちました。

大脳映画館には、林檎ちゃんがこれまでに見た映画が保管されています。言われてみれば確かに、昔、恋愛映画を鑑賞した経験があるような……。

「思い立ったが吉日。早速向かおう」

「それがいいでげすよ。現場は任せてくだせえ」

そういうことで、私と司令は署員たちに気付かれないよう、こっそりと大脳映画館へ向かいました。

◇

間脳にある大脳映画館は、がらんとしていました。怪しい照明がおぼろげに光る近未来的な玄関を潜って、私は受付に「おとな二枚」と言いました。司令は売店で糖ポップコーンと骨・コーラを買いました。

受付の署員は禿げ散らかした中年の男しなぷすでしたが、桃色に毒されており、私たちを見て「あら、勤務中にふたりで映画なんてアレね！」と乙女口調で言いました。適当にあしらいつつ、保管映画一覧表を調べてみると、一本だけですが、恋愛映画がありました。その映画を注文し、私と司令はホールに入りました。誰もいないので、真ん中の列の真ん中の席に座ります。

そうして二時間、何度か落ちかけましたが、頑張って一睡もせずに鑑賞しました。

エンドロールが終わり、ホール内が明るくなりました。

私と司令はホールを出て、通路のベンチに腰掛けて溜息をつきました。

「あれが恋愛映画？　オドレイ・トトゥがうろうろしていただけではないか」

顎をさすりながら、司令は文句を垂れます。

「眠気を誘うばかりで、俺にはまるでわからなかった。いろり君はどうだ。恋の本質が理解できたか？」

　映画自体は面白かったのですが、私も恋については何が何やらでした。男性と女性がくっつくようでくっつかなくて、でも最終的にはくっつきあう。それが恋というのなら、砂場で磁石と砂鉄をいじくっていた方がさっさとくっつくのでまだ楽しい気がします。

　恋愛映画から恋を学ぶ会は、清々しく空振りに終わった……。

　諦めて帰ろうと思った時、「司令、いろりさん！」とこちらに駆けてくる者がいました。メガネ・ボーイです。

「あら、またこんなところでどうしたんですか？　ここにはこいきさんはいませんよ」

「なにをばかな！」

　メガネ・ボーイは顔を赤くして眼鏡を外し、ハンカチでレンズをめったら拭きました。

「ともかく、そんなに慌てて何用だ」

　司令が問うと、メガネ・ボーイは眼鏡を掛け直して深呼吸し、ごくりと唾を飲み込みました。

「朗報です。大脳図書館の片付けをしていたら、とんでもない資料を見つけました」

「言ってみろ」

「驚かないでくださいね。……なんと、どうして時間加速が起こるのか、その答えがはっきりしたんですよ」

「何？」

メガネ・ボーイは、持っていたドキュメントケースから一冊の本を取り出して、司令に差し出しました。「伊草」という小さな文字がフジツボのように無数に張り付いている表紙に、『むずかしいことば』と題があります。

「その、付箋の貼ってある頁を開いてください」と、メガネ・ボーイ。

「そこに、林檎ちゃんが小六の頃に理科の授業で覚えた『相対性理論』という言葉があります。アインシュタインとかいうおじさんが提唱したらしいのですが」

「それがどうした」

「説明文をご覧ください」

司令は頁を開きました。私も横から覗き込みます。

『光の速度に近づくと、時間の進み方が遅くなっちゃうという、むずかしすぎるお話』

とあります。

司令は無表情で顔を上げました。

「これが何だ」

「大切なのは、その続きです」

メガネ・ボーイの言う通りに次の頁を捲ってみると、説明文が続いています。

『先生が言うには、「恋をしていれば、時間の流れがすごく速くなるだろう？　つまりそういうことなんだよ」だって』

メガネ・ボーイは興奮します。

「つまり、林檎ちゃんに起こっている時間加速というのは、この『相対性理論』というややこしいものが働いたための事象だったんです！」

「そのハタ迷惑なものが、我々しなぷすに作用していたというのか？」

メガネ・ボーイは頷きました。「その通りです」

司令は本を閉じて、「なるほど」と呟きました。

「それで、この相対性理論にはどのように対処したらいいのだ？」

するとメガネ・ボーイは「ふふん」と言ってニヤリとしました。

「その本の別項によると、アインシュタインさんの知能指数は一七〇もあったそうです」

「うむ」

「林檎ちゃんにとって、数学的構造のことを考える時というのは、ちょうど自分の背中にカナブンが八匹這うのと同じ苦痛を感じるんだそうです」

「うむ」

「僕は神童と呼ばれても、本質的には林檎ちゃんから生まれたしなぷすです」

「……いや。だから、相対性理論への対処は？」

「あまり僕を買い被ってはいけない」

メガネ・ボーイは自慢げに鼻息を噴きました。

「わかるわけがない」

こうして恋愛映画から恋を学ぶ会は、清々しく空振りに終わりました。

表層的にも体内的にも何の進展も見られないまま、恋に蹂躙（じゅうりん）される日々は続きます。

そのうちに九月が去り、街の空気は一段と涼やかになりました。

夏の余韻が風にさらわれ、空は高さを増しました。景色が輪郭を太くしていきます。新鮮な酸素が肺に沁みる。変わりゆく有象無象、街の木々まで季節に恋したようで、その葉を紅く染めました。

秋の訪れです。

二学期の中間試験が終わり、林檎ちゃんの毎日に少しのゆとりが生まれました。結果は相変わらず最後の一線で綱渡りをしているようなものでしたが、なんとか補習は免れ、放課後の自由な時間が増えました。

林檎ちゃんは、とても悩んでいました。伊草君との距離の縮め方がさっぱりわかりません。

そもそも自分から彼を避けているのに、林檎ちゃんは「どうして伊草君は最近あまり話しかけてくれないんだろう？」と考えるようになっていました。でも、目が合ったなら合ったで、無意識に逃げ出してしまいます。林檎ちゃんのそのような姿を、近しい友人たちはニヤニヤした顔で見ていました。

何を笑うことがある。

こっちは真剣なんだ。

学校からの帰路、眼球モニターに映る百枝先輩のいやらしい笑みに、自我を保っている署員は憤慨しました。「他人事だと思って楽しんでら！」「こっちの気も知らないで！」……そうして怒る正常署員に、「ケンケンしちゃダメ！」「明るくイキマショ！」とメルヘン署員が声をかけます。

土手を越え、アカシアの並木道を行きながら、林檎ちゃんは百枝先輩に相談します。

「どうしたら、伊草君ともっと仲良くなれるのかな……？」

すると百枝先輩は「う～ん」と呟きながら、鞄から一冊の本を取り出しました。

表紙には可愛い書体が踊っており、モデルさんが旬な笑顔を輝かせています。若者向けの女性誌でした。

「あたしもよくわからんから、とりあえずそれ読んで勉強しとけ」

表紙の下方に『特集　気になる彼もこれでイチコロ・絶対モテ術』とありました。百枝先輩は林檎ちゃんは本を受け取ると、なんべんもお礼を言って頭を下げました。

「健闘を祈る」とピースしました。

夜。

お風呂を上がり、二階の自室に戻ると、早速、林檎ちゃんは女性誌を開いてメモを片手にお勉強を始めました。そこには男性を振り向かせる技術がふんだんに記されており、すぐに大脳メインコンピュータが「めまい」と示しました。「ホルモンバランスを調整して三半規管部のケツを叩け！」と、司令が慌てて指示を飛ばします。

その本には、お相手から好きなタイプを聞き出す話術だの、手を繋ぐ方法だの、自室に誘う方法だの、現在の林檎ちゃんにとっては非常に無益なことばかりありました。そのような、段階をすっ飛ばした高等過激対人術を得て何になるのでしょうか。こちらとしてはまず「目が合った時の対処法」を知りたいのです。手を繋ぐなど夢のまた夢なのです。

全くもって役に立たない特集に、林檎ちゃんはがっくりと項垂れました。今日は虎の子である花果実の香りのバブまで入れて身を清めて臨んだのに、これではあんまりでした。

悲しい気持ちで、適当に頁をぱらぱら捲ります。

そこでふと、目に留まるものがありました。

それは、トレーニング・ウェアを着た肉まんを思わせるまんまるな女性が、三か月後の引き締まった体軀を粋なナリして見せつけている写真でした。女性の隣に吹き出しが出ていて、「魅力的なボディで周囲の視線を独り占め！」と売り文句があります。

ダイエット商品の広告でした。

ハッ、と、林檎ちゃんの右の耳穴から左の耳穴に閃光が駆け抜けました。

それからグッと拳を握って、林檎ちゃんは決心したのです。

そうだ。

とりあえず痩せよう。

「おい。林檎ちゃんの現在の体重、体脂肪率はいくつだ」

大脳メインコンピュータの心緒を受けて、司令が健康管理部の署員に問いました。

「五二キロの、二二％です」

「全然いい感じではないか……」

司令が後ずさりして、お立ち台を踏み外します。

「やめろ……まさか、必要のない減量を始めるつもりではないだろうな……？」

始めるつもりなのでした。

林檎ちゃんはその日の眠りに就く前から、教科書を詰めた鞄を上げ下げしたり椅子を昇り降りしたりティッシュ箱を何度も跨（また）いだりむやみやたらに飛び跳ねたり、とにかくよくわからない運動を開始したのです。

生活リズムを狂わせる予想外のカロリー消費と筋肉開発に、すっかり帰宅していた全器官の脂肪燃焼炉署員と筋肉開発工事部は叩き起こされ、時間外の労働を命じられました。「ふざけんじゃねえ、こっちはグッスリ眠ってたんだぞ！」「明日は朝早いんだぞ！」「ちゃんとこの分の手当ては出るんだろうな！」……神経糸でんわを通した怒声が司令室に飛び交い、大騒ぎになりました。

黒魔術でも行っているような運動を始めてから三十分、ようやく林檎ちゃんは疲れて床に入りました。筋肉の損傷度や乳酸状況を鑑（かんが）みるに、今夜のしなぷすは夜通しの修復作業となりそうです。

灯の落ちない司令室に、絶えず喧騒がありました。

人間の、特に若い女性というものは、どうも異性の目を引くためには痩せなければ

ならないと思っているふしがあるようです。ちょっとくらいぷくぷくふくよかでまんまるな方が可愛いのに、どうしてそんな見当違いの思考になるのでしょう。そして御多分に漏れず、我らが林檎ちゃんもその泥沼にはまり込んだのでした。

翌日の朝食、林檎ちゃんはご飯を半分しか食べませんでした。それから走って学校へ向かいました。

更に、林檎ちゃんはお昼もコッペパンひとつにマーガリンひとかけで済ませました。一日の摂取カロリーが確保されず、私たちはやむなく脂肪を燃料として器官を働かせました。これは諸刃の剣であって、健康的な痩せ方ではありません。スポンジを一気に絞っているようなもので、次に食物が入ってきたなら普段よりたくさん吸収してしまいます。すなわちリバウンドが起こってしまうのです。

学校が終わると、林檎ちゃんはこれまた走って帰路を辿りました。

その時、胃街から司令室に「助けてください！　腹の虫が出現しました！」と入電がありました。

急いで現場へ向かうと、ガリガリに痩せ細ったモスラのような怪物が、バタバタ羽ばたいて銀色の鱗粉(りんぷん)をまき散らしながら、「グー、グー！」と天地に響くほどの大声で鳴いていました。

こいつは空腹が臨界点を超えた時にどこからともなくやって来て、街を破壊することもなく触角から光線を出すこともなく、ただひたすらにグーグー鳴いて林檎ちゃんを辱める厄介なやつです。撃退の方法はまだ解明されていません。食物が入れば勝手にどこかへ去っていきます。

私含む白血球部署員は、腹の虫に脂肪手榴弾を投げつけました。ぼん、ぼんと炸薬が爆発し、脂肪が飛散して、白煙が上がります。すると少しは腹の虫も大人しくなるのですが、それも一時で、しばらく経つとまたグーグー鳴き始めます。食物が入るまで何とか時間を稼ぎたかったのですが、やがて用意してきた分の脂肪手榴弾も尽きてしまい、私たちは仕方なく乳酸拳銃を抜きました。こうしている間にも林檎ちゃんが恥をかいているのかもしれないのですから、少しでも大人しくさせなければ。

それから皆で狙ってどかんどかん撃つものの、身軽に飛び回る腹の虫には全然当たりません。腹の虫は私たちの近くをかすめるように飛び、羽ばたきで起きる風に煽られた署員たちがわあわあと転がります。

そうしてしばらく太刀打ちしがたい怪物とドタバタやっていると、胃街の南にある食物広場に、ドドドとポン酢をまとったところてんの滝が降り注ぎました。

夕食の時間が来たのです。

私たちはホッとしました。腹の虫は「おや?」といったふうに鳴き止み、ところてんの滝を見ています。次に、ごろごろとこんにゃくゼリーの落石がありました。

この調子で栄養が入ってくれれば、腹の虫も帰るだろう……。

そうして武器を収めたのも束の間、最後に数枚のレタスの破片がひらひら舞ってきたきり、空にある噴門はごうんと閉じてしまいました。

腹の虫が私たちを見つめます。私たちも腹の虫を見つめます。腹の虫はまたグーグーグーグー鳴き出しました。私たちはぐったりしながら乳酸拳銃を抜きました。

この平行線を辿るばかりの無意味な戦闘は、なんと夜通し続きました。

徹夜での戦闘は、翌日の朝食を以て一時休戦となりました。いい加減、腹の虫も鳴き疲れたようで、議事堂に止まって羽を休めています。体力を消耗しきった私たちは、食物広場に降る食パンの欠片を眺めました。私は疲れ果ててうまく歩けないほどでした。

相変わらず少ない朝食の後、林檎ちゃんはまたまた走って登校しました。

体内は、カロリーどころか酸素まで足りなくなっていました。へとへとで司令室に戻ると、ちょうど腹部の脂肪鉱の鉱員が、「もう余分なエネルギーは採掘し尽くしちまったよ！」と司令に泣きついていました。

「もう少し、違う所を掘ってみてくれ」

「あのなあ、これ以上広げたらそこら中の組織が崩落して林檎ちゃんがヘチマみたいな体型になっちまうぞ！」

「ないものはある所から捻り出すしかなかろう」

「林檎ちゃんが胃下垂になってもいいのか！」

カロリーがないということは器官の働きが弱まるということ、器官の働きが弱まるということは十分な酸素を得られないということ、十分な酸素を得られないということは給料であるヘモグロビンにも影響が出るということです。林檎ちゃんがダイエットを始めてから、しなぷすは今月の給金が満額出るのか不安を覚えて、ささくれ立った気性になっていました。一学期の中間試験での悪夢が去来していたのでしょうね。

林檎ちゃんはそれからも一生懸命、不健康な減量に励みました。飛び道具的な努力はみるみる体重を減らします。

そうして四日が経った頃、とうとう大脳メインコンピュータの活動自体に支障が現れ始めました。一日の中で、「ぼんやり」という心緒を示したまま、ぴくりとも動かなくなることがあるのです。

そうなると、私たちもどう動いていいのかわからず、器官へ通達が出せません。その時の外界の状況は、道路を横断中であったり、階段を上っていたり、お湯に浸かっていたりと、「ぼんやり」していては済まされない最中にあることも多々でした。

「これは洒落にならん。そのうちまた怪我しちゃうぞ」

憂うしなぷす一同でしたが、私たちが林檎ちゃんという意識に意見することはできません。

司令室の奥にある、重々しい雰囲気をまとう扉――。

その向こうにある『大脳メインコンピュータ本体』に干渉できるのは、全しなぷすの中でも司令だけと決まっています。

これは、生まれついてしなぷすに刻まれた絶対遵守の不文律です。これを破るというのは、人間が重犯罪を犯すのと同じです。

私たちは、粘っこい視線で司令を見つめました。「大脳メインコンピュータ本体にダイエットをやめるよう言ってくれ」……そんな期待のこもった視線です。

しかしお立ち台に立つ司令は、眉根を寄せ、いつまで経っても険しい表情でびいどろを吹くばかりでした。

このままじゃ林檎ちゃんが危うい。

司令は、どうして早く一計を案じないのか。

これまでの十六年間を振り返っても、過去、林檎ちゃんのしなぷすで大脳メインコンピュータ本体に干渉した司令はいません。

もしかして、先代すらやらなかったことを自分がやるというのにびびっているのか……？

こんな時にヘタレ炸裂か。ヘタレ炸裂させている場合か。

署員の不信は募りました。

でも、とうの司令は、自分を刺す視線を意ともしません。

私は、司令のヘタレ気質は嫌いですが、お腹の底では彼を信じていました。彼は頭脳明晰です。きっと考えがあって、現状維持を一貫しているのだと思っていました。

だから私は、司令の指示にひとつの反論もせず、もろぼし降ろし派の署員を宥めつつ、黙って彼についていきました。

十月の第二週に、三連休がありました。

その初日の土曜日、林檎ちゃんはとうとう空腹による「ぼんやり」を極め、融通無碍の境地に達して没我となり、朝目覚めてからベッドの上で正座したままぴくりとも動かなくなってしまいました。

体を動かさなければ、生命維持に必要な最低限の器官以外には仕事がありません。

私も含めて大方の署員が手持ち無沙汰であったこの時、司令は驚くべき、林檎ちゃん有史始まって以来の指示を発しました。

「やることない奴は休み。三連休。帰ってよし」

ダイエットによって、酸素も十分に摂取できない状況ですから、必要のない労力は捨てて、その分のヘモグロビンを節約するという考えはわかります。

でも、この突然の指令には、さすがの私も驚きました。

なんて突飛な。

「だいごろう。三連休に限り、いろり君の『きんこじゅちゃん』を外してやれ。せっかくのホリデイに拘束具をしたままでは気も休まらなかろう」

司令は顎をさすりながら言いました。

「無論、帰ってきたらすぐに再装着しろよ。君は猛獣であるからして。約束だ」

気を利かせてくれた司令によって身も心も自由になったわけですが、いきなり生まれた三日間という巨大な空白の時間を、私は持て余してしまいました。休暇に困るだなんて、もしかしたら着任以来の目まぐるしい日々のせいで労働中毒になっていたのかもしれません。

心身はすっかりへっとへとのべっちょべちょですが、自室にこもってずっとむにゃむにゃしているというのも味気なくてつまらないと、贅沢な悩みを抱きます。

どうせなら、どこか遠くの、ひと時の安らぎを得られる、軽井沢的な、オトナの隠れ家的な所はないかしら……？

そんなことを考えながら自宅でシャワーを浴び終えて居間に行くと、テーブルにあった一通の手紙が目に入りました。以前に母から届いたものです。

そこで私は思い立ちました。

そうだ。

三連休は、実家に帰省しよう。

◇

赤血球列車で約一時間（しなぷす体感）。昼前に、私は『左足の薬指』へと帰ってきました。春以来ですから、実に半年ぶりでしょうか。

駅を出ると、錆びた鉄というかくすんでいるというか、一言では形容しづらい、相変わらずの寂れた匂いが香りました。全景に古い写真のようなセピアがかかっています。ゴーストタウンを思わせる破滅寸前な駅前の町並みには、しなぷすひとりおりません。休日の昼前に駅前がこれほど閑散としている田舎っぷりは、もはや観光名所と言えます。郷愁をいっぱいに吸い込んでいると、向こうにあるパチンコ屋の看板が風に吹かれてドカンと落ちました。

私は、この帰省を家族に連絡していませんでした。

急に帰って、皆をびっくりさせようと考えていたのです。

ヒビのいった地を歩き、筋線維の林を抜け、酒屋を左に折れ、野良菌通りと呼ばれる細路地を真っ直ぐ行きます。すると正面に、平屋の、お相撲さんのくしゃみひとつで吹っ飛びそうな、ボロボロの小さな家が見えてきました。

わずか半年見ないだけであったのに、懐かしき、あれこそ私の生家！

私は台所の裏手に回り、脂肪薪置き場の陰に身を潜めました。頃合いを見計らって、裏口から突入するのです。

すぐ頭上の小窓から、いい匂いがします。母の十八番、ショ糖の煮しめの匂いです。何も変わらない匂い……。私はなんだか目頭が熱くなりました。

「あまど、曇ってきたから洗濯物取り込んどいて」という母の声。「あーい」という弟のあまどの声。「あいた、お尻を踏むな！」という父の声。家が狭いので誰かを踏んづけちゃうのは日常茶飯事です。

あまどが洗濯物を取り込み終わるのを待ってから、私は裏口を勢いよく開きました。少し力を入れすぎたせいか、その衝撃で扉が取れました。

「ただいま、皆！」

私は笑顔で言いました。

すぐ右手で鍋を掻きまわしていた割烹着の母と、洗濯物を抱えたあまどと、居間で寝っ転がってテレビを見ていた腹巻の父が、ぽかんとして私を見つめました。

ですが、すぐに、

「い、いろり！　帰ってきたとね！」

お玉を投げ出して、母が私に抱き付きました。「あらあ、びっくりしたがね！　なんの連絡もないっちゃかい！」

「姉ちゃん、姉ちゃんだ！」あまどがぴょんと飛び跳ねます。「えらい突然じゃが」と、父もびっくりして起き上がりました。

「急にお休みになったから、帰ってきたんだよ」

私は母と手をぱちぱち合わせながら言いました。「皆、元気そうで！」

「あんたあ、前もって言わんといかんよ、そんなこつは！　なんも美味しいもの用意してないがあ」

「いいのいいの、そんなに気を遣わないで」

「なにを言うとね、あんた。これからお昼やっちゃけど、あんたが帰ってくるって知ってたら、もっといいもの作ったとに。もう、しなぷすが悪いねえ！」

母は少し泣いているようでした。

「ほら、お腹減ったじゃろ？　つまらないものしかないけど、食べんね！」

私は赤血球列車でお弁当をいただいていましたが、もちろん、ご相伴（しょうばん）に与（あずか）ることにしました。お腹はいっぱいです。でも、この母の笑顔を見て、誰がいらないと言えるでしょう。

四畳半の居間に、父が寝っ転がるために退かしておいた卓袱台（ちゃぶだい）をドタドタと用意しました。あまどがわいわいと配膳してくれます。

ショ糖の煮しめに、たんぱく質の炊いたのに、アミノ酸の炒め物……ああ、我が家の昼食。

家族全員が卓につくと、父が「いただきます」と言って合掌しました。

「いただきます」と、私たちも続いて合掌し、箸を取りました。

母の料理は、私の残り少ない心の余白に滑り込んでいきました。一口食べればほこほこと、まるでお腹の底につくしが芽生えるような気持ちになります。薄い味付けに、ぶつ切りの素材……変わらぬその味に、私は涙ぐみました（林檎ちゃんも、いつかきっとわかるでしょう。家を離れた若者の初めての帰郷とは、何かにつけて涙腺を緩ませる、尿漏れ的に厄介なものなのですよ）。

私は、手紙の返事が書けていないことを詫びました。母は笑って、「いいっちゃが、いろりは忙しいっちゃかい」と言いました。あまどはずっと、司令室での勤務や上層での暮らしについて質問してきます。そんな私たちを、父は何も言わずに微笑んで見つめていました。

「そう言えば、ピロリンは？」

食事の最中、ふと、私は母に尋ねました。

ピロリンとは、我が家で飼っている飼いピロリ菌の名前です。私が十歳の頃に左足薬指に迷い込んできたところを保護して以来の家族です。

「庭におるよ。相変わらず元気じゃが。ご飯が終わったら会ってあげてね」

食事が終わり、食休みをした後、私は縁側からつっかけを履いて庭に出ました。

菌小屋の中を覗いて「おうい、ピロリンやーい」と声をかけると、ピロリンが「うどぅうどぅうううどぅう」と可愛らしく低音で鳴きながら、ナマコに触手が生えたような体をビタンビタンさせて出てきました。

私はピロリンを抱いて「久しぶりだねえ」と頭らしき部分を撫でました。ピロリンは「うどぅうどぅうどぅううう」と、グニョングニョン体をくねらせて私に懐いてきます。

「元気にしてた？　なんだか大きくなったみたい」

それから庭で、私はひとしきりピロリンと戯れました。ボールを投げてやっていると、あまどが来て加わりました。実家を離れる前は、よくこうして遊んだものです。

「ピロリン、たまに家に侵入して姉ちゃんの布団に潜り込んだりするんだぜ。姉ちゃんがいないのが寂しいんだろうな」

ボールを放りながら、あまどが言いました。「押入れの布団が粘液でべたべたになってるから、すぐにわかるんだ」

私はまたもうるるとしました。それからピロリンの頭らしき部分を撫で回しました。かわいいやつめ！　帰省中は目いっぱい遊んであげようね！

三時を過ぎた頃、母が「ちょっと買い物に行ってくるわねえ」と言って外出しました。あまども、友達とヒラメ筋川に釣りに行く約束があると出ていきました。

家には、私と父が残されました。

私は、寝っ転がってテレビを見ている父にお茶を淹れました。

「ん」と言って、父は一口。

それから卓袱台に着き、しばらくふたりでぼんやりとテレビを眺めました。

私としては、見るでもなく、聴くでもなく、という具合でしたが、父はどうだったでしょう。

「上は」

ふいに、父が口を開きました。

「え？」

「上は、どうだ。大変じゃないのか」

上とは、大脳界隈のことです。

「まあまあかな。色々あるけど、頑張ってるよ」

「そうか」

父はそう言って、それきりまた静かになりました。

「お父さんは？」

私は尋ねました。

「お仕事、どんな具合？」

「ん。まあまあだな」

「ちゃんとしなぷすドックには行ってるの？　健康に気をつけてる？」

「行ってるよ。母さんがうるさいから」

「お酒、あんまり飲んでない？」

「まあ、ほどほどさ」

「体だけは大切にしなきゃいけないよ」

「お前だってそうさ」

そうしてまた、私たちは静かにテレビを眺めました。

五時を回った頃、母が帰ってきました。「ただいまあ」と玄関の扉を開けた際、その振動で居間の神棚が揺れ、そこに飾られていた写真立てが落ちました。「あらごめん」と居間にやって来た母が言いました。「立てつけの悪い家なこつ」

その写真立てには、口角を上げて葉巻を吹かす、先代司令の白黒写真が収められています。

私は写真立てを拾って、ぼんやりと見つめました。

先代は、私が生まれる前に逝去されました。

びいどろを咥える現司令の顔が脳裏に浮かびます。

「ねえ、お母さん。先代の司令って、どんなしなぷすだったの？」

「先代？　ああ、はやたさんね」

母はうきうきしたように答えます。

「立派なひとだったわあ。本当によくできたお方でね。林檎ちゃんを誰よりも愛し、誰よりも想っていて、皆から尊敬されていたつよ」

「今の司令……もろぼしさんのこと、お母さんはどう思う？」

「もろぼしさん？　……ううん、そうねえ。正直に言えば、先代には遠く及ばない方だとは思うよ。頑張っているみたいだけれどね。皆もそう思ってるんじゃないかねえ」

母の言葉には、司令を罵(ののし)ろうという悪意は全く感じられませんでした。「ふうん」と相槌を打って、母の提げる買い物籠が目に入りました。

その買い物籠の中からは、ビタミンK類野菜や鉄分肉など、様々な高級食材が顔を覗かせています。

私はびっくりしました。毎月、私の御給金を少しばかり送ってはいますが、でも、こんなに高い食材が買える余裕などないはずです。

そう思って、気付きました。

いつも母が首から提げていた、カルシウム結晶のペンダントがありません。

「お、お母さん！　ペンダントは？」

私が尋ねると、母は微笑んで、

「あらあ、どっかに落としてしまったわ」

そんなわけありません。あのペンダントは祖母の形見で、母がとても大切にしていた物です。

「そんなことより、今日は御馳走じゃかい。期待してね！」

母の言葉に、私は必死に涙を堪えました。ここで泣いたら、それこそ母の優しさに水を差してしまいます。

「ありがとう、お母さん」

母は嬉しそうに笑います。

「お腹空かせておきないね」

貧しさは不幸に直結しないと、遠く昔に母は言いました。幼い私にはその言葉の意味がわかりませんでしたが、大人になった今、ようやくその端っこが少しだけ理解できる気がします。

私はお腹を空かせるために、ピロリンと供にお散歩することにしました。

ひとのまばらな、と言うかほぼいない（いたとしても大体が腰の曲がった老しなぷす）往来を北に行くと、そのうちに波の音が聞こえてきます。第四指骨の短趾屈筋腱にある、海の音です。あまどが釣りに行ったヒラメ筋川から注ぐ海です。

久しぶりに海原が見たくなって、私はピロリンと走りました。

組織草の茂みを抜けると、目の前に大海原が開けました。青空に絹のような雲があって、それが水平線で混ざり合い、空と海の境目があやふやに見えます。潮風が吹き、私は髪を押さえました。

それから私はピロリンの首輪のリードを外して、砂浜で追いかけっこをしました。

「ほうら、ピロリン」

柔らかに打ち寄せる波を掬って、ピロリンにかけました。ピロリンはくすぐったそうに「うどぅうどぅ」と鳴いて身をよじります。

「うわあ、なんだあれ！」

そうして遊んでいると、ふいに、誰かの大声がしました。

見ると、四人の高校生くらいの短パン姿の男しなぷすたちが、こちらを指差して騒いでいました。彼らの足元にはビーチボールが転がっています。遊びに来たのでしょう。

「お前、それ、ピロリ菌じゃねえのか！」

男のひとりが、こちらに向かって言いました。

私は眉根を寄せて、

「そうだけど？」

「悪菌（あくきん）じゃねえか！」

ピロリ菌は、ビフィズス菌や乳酸菌などと違い、人間の体にとっていいものではありません。増えすぎれば、胃の病気を引き起こしてしまいます。

そのように、人体に何らかの悪影響を及ぼす菌を、しなぷすは「悪菌」と呼んで、発見次第駆除していました。このピロリンもまさにそうで、十年前、胃街を追われて命からがら逃げ延びてきたのです。

十年前、ピロリンが初めて家にやって来た日のことを思い出します。

組織液雨の激しい夜でした。私が庭の物干し台を片付けている時、前の組織草むらから「うどぅ」という微かな声が聞こえたような気がしました。雨合羽（あまがっぱ）のフードを押さえながら、おそるおそる組織草を掻き分けてみると、そこには右足と思われる部分を怪我したピロリンが横たわっていました。

「なんだ、こいつ！」

私はその時、人生で初めてピロリ菌を目にしました。

ピロリンは顔らしき部分をゆっくりともたげて、私を見ました。私はドキリとしました。目はありませんが、何だかその様子が、「助けて」でも「見逃して」でもなく、「もう好きにして」と言っているように見えたのです。

私とピロリンは、雨の中でしばらく対峙しました。それから決心して、ピロリンを抱き上げ、家の中に入れました。とにもかくにも、怪我に苦しみ、濡れそぼるその姿が可哀想でたまらなかったのです。

胸の中で、ピロリンは私を不思議そうに見上げました。

私は「あなたが好きにしてって言ったんだからね」と笑いました。

父と母は初め、ピロリンを見てひどく狼狽しましたが、私の必死の説得の甲斐あり、受け入れてくれました。こうしてピロリンは、私の家族の一員となったのです。

「そんな奴、連れてていいと思ってんのかよ！」

男のひとりの金髪が言います。

「林檎ちゃんが十二指腸潰瘍にでもなったらどうすんだよ！」

「一匹だけじゃならないよ。それに、このピロリンはちゃんと半年に一度の狂菌病の注射を受けてるし、お上の許可も貰ってるから大丈夫」

「そんなの関係ねえよ！　うわあ、バッチイ、気持ち悪い！」

金髪はそう言って、いきなりカルシウム石を投げつけてきました。「何だあの螺旋状の体は！　無数の鞭毛は！　おええ！」そうして次々に、四人のくそがきたちは石を投げてきます。

「やめなさい、危ないでしょうが！」

私は石を躱しながら説得しましたが、一個が、波打ち際でほけえっとしていたピロリンの頭らしき部分に命中しました。「ギョエップ」と悲鳴を上げて、ピロリンは倒れました。

「ピロリン！」

私はピロリンに駆け寄り、身を抱き起こしました。ぐったりしていますが、息はあります。

ピロリンを寝かせてから、私は猛然とくそがきたちの元へ駆け、その勢いのままひとりの顔を殴りつけました。そいつが倒れきらぬうちに、近くにいたもうひとりの腹部に飛び膝を入れます。「うわあ！」「こいつマジだ！」それを見た残るふたりがバタバタと逃げ出します。「忘れもんだ、おら！」と、私はビーチボールを拾い、逃げる金髪に投げつけました。その背に命中したボールがボンと跳ね、金髪は足をもつれさせて転びました（この時、『きんこじゅちゃん』をつけてなくて本当に良かったと思いました）。

私は再び、ピロリンの元へ行きました。

ピロリンはか細く鳴きながら、私の鼻先をくんくん匂います。

私はピロリンを抱き上げました。まるであの出逢いの日のようでした。

「覚えておけよ、左足の薬指野郎が！　俺の親父は肩甲骨勤務の役人だ！　絶対に後悔させてやるからな！」

私が倒したふたりのくそがきがよろよろと立ち上がり、悪者の常套句を吐きながら逃げて行きました。私はそこらへんの石を何個も拾って、逃亡するふたりに投げつけました。何発か当たりました。

やがて、くそがきたちは組織草の茂みに消えました。

私はしょんぼりしてピロリンを抱き上げ、とぼとぼと砂浜を後にしました。

◇

家に着く頃には、すっかり夕時になっていました。

父と母に事情を説明してから、私はピロリンの治療をし、菌小屋に運びました。幸いにも、大事には至っていないようでした。

午後六時をちょっと過ぎて、夕食の準備が整いました。しかし、あまどが帰ってきません。

「せっかくいろりが帰ってきてるとに、どこをほっつき歩いてんだあいつは」

父が怒りました。

七時前、ようやくあまどが帰ってきました。「遅いじゃないか！」と父が拳骨を落とします。あまどは半分泣きつつも、「えへへ」と半分笑い、腰に提げた魚籠(びく)から大きな食物繊維魚を取り出しました。

「すごい大物！」

私が驚くと、あまどは得意気な顔をします。

「姉ちゃんのために粘って釣ったんだ。これも一緒に食べようぜ」

あまどは私のために、怒られるのを承知で門限を破ってくれたのです。私はあまどの頭をぐりぐりと撫で、「ありがとうね、あまど」と言いました。あまどは嬉しそうに鼻の下を指で擦ります。

狭い部屋の狭い卓袱台に、たいへん豪華な料理がずらりと並びました。

それから、とても楽しい家族団欒をしました。あまどが口いっぱいにご飯を詰め込んで咽せ、母が背を撫でます。弟に負けじと、私もたくさん食べました（この時、林檎ちゃんは減量中だというのに、ごめんね）。父は何も言わず、満足そうに、あまどの釣った魚の刺身をつまみながら、ちびちびとお酒を舐めていました。

そうして、賑やかに過ごしている時です。

ふ、と……綿ぼこりが肌に触れるくらい、本当に、ふ、という、何かしらの一瞬の「殺気」のようなものを、私は感じました。

箸を止めて、障子を見つめます。

「どうしたんね、いろり」と、不思議そうな母。

「いや。何か……」

その異様な私の雰囲気を感じ取ってか、食卓は、シン、としました。

白血球部隊の訓練の賜物でしょう。休暇中でも、そう簡単に勘は鈍りません。

障子を見つめること十五秒が経った、その時。

硝子の割れる耳障りな音と共に、障子が破れ、球体のような物が飛んできて、卓袱台に直撃しました。

食器が跳ね上がり、ビタミンK野菜の天ぷらが宙に舞い、ミネラル豚汁が零れ、鉄分焼きがあまどの顔にかかりました。

「あっづううう！」

あまどはゴロゴロと転がりました。

「な、なんね、なんね！」

母が目を白黒させます。

私はすぐに障子を開け放ちました。

割れた硝子戸の向こうの茂みに、何者かが身を翻すのが見えました。

裸足のまま庭に下り立ち、すぐに追いましたが、既に遅く、何者かの影は消えていました。

私は硝子の破片を踏まないように、居間へ戻りました。

父がひっくり返った料理の後片付けをし、母はあまどの顔に濡れたおしぼりを載せています。

「今のは何だ？」と、父。

私は、床に転がる球体を拾い上げました。

それは、人間で言うところの野球のボールほどの、真っ黒な悪玉コレステロールでした。

「……」

私は悪玉コレステロールを握り締めました。

「まあまあ、ほら、いたずらされたもんは仕方ないっちゃかい。デザート食べよ、デザート！」

母は明るく言いました。

「今日は何と、ハーゲンモッツがあるとよ！　ハーゲンモッツ！」

私はなんとか「わあい、ハーゲンモッツ」と笑ってみせました。

せっかくの宝物の時間を。母の料理を。あまどを。

何となくですが、犯人の見当はついていました。

「ほら、バニラがいいね？　チョコがいいね？　今日は抹茶もあるとよ！」

冷蔵庫の前で、母は笑顔を浮かべました。

◇

翌日。

私は六時きっかりに目覚めて、シャツとショートパンツを着、庭に出て軽い体操をしました。

深呼吸を終え、額の薄い汗を拭いながら、ピロリンの具合を見るために、菌小屋の中を覗きました。

ピロリンの姿がありませんでした。

代わりに、敷かれた毛布の上に、『ピロリ菌は預かった。返して欲しくば今日の十時、町の西の廃校のA棟三階・科学室へひとりで来い』という置手紙がありました。

私は手紙をぐしゃりと握り締め、静かに家を出ました。

◇

朝靄の煙る町には、静寂が揺蕩(たゆた)っていました。

私は、廃校への道を早歩きでずんずん行きました。路地に差し掛かった時、ランニングにパンツ一丁姿のおじさんが郵便受けから新聞を取りながら、「おう、いろりちゃん。帰ってきてたとね」と声をかけてきます。私は何も答えず、軽く会釈をして、どんどん進みました。

沿道を行くと、廃校が見えてきました。

取り壊すヘモがないのでしょう、この廃校は、私が生まれる前から放置されています。幼少期より馴染みのある遊び場でしたので、勝手知ったるもので、私はあえて裏道を通り、正門ではなく、裏門から廃校へ入りました。雑草を静かに掻き分け、音を立てずにB棟への出入り口へ辿り着きます。しなぷすの気配はありません。

くすんだ靴箱の陰に張り付き、鼻からフンと息を吐いて胎（はら）を決めました。

サッと身を翻し、私は三階を目指して駆けます。

この三階には渡り廊下があって、A棟と連絡しています。しかも、ちょうど渡り切った正面が、くそがき共の指定した科学室です。

おっと、そうでした。私は昨夜の時点で、家に悪玉コレステロールを投げ込んだ犯人を、私が砂浜でボコボコにした連中であると推測していたのです。

結果から言えば、それは当たりでした。昨晩の夕飯を無茶苦茶にし、ピロリンを攫（さら）った連中は、彼らで間違いありませんでした。復讐のつもりだったのでしょう。

三階まで一気に駆け上った私は、そのまま俊敏に渡り廊下を駆けて、科学室隣の準備室のドアをこっそりと開け、中に入りました。

隣の科学室にいる男の「ん？」という声が、壁越しにこちらに聞こえてきます。

「今、何か音がしなかったか？」

「いやあ、何も？」

私は手近にあった椅子を掴んで、開けたままのドアから廊下へと投げました。

どがらん！　と大きな音がし、

「何だ⁉」

科学室から、慌てたようにふたりのくそがきが飛び出してきました。

「あ、あの女か⁉」

「でも、正門の見張りからは何の連絡もないぞ？」

彼らみたいな、ようやく毛の生え揃った連中の考えなど、手に取るようにわかるわけです。私はそれを読んでB棟から侵入したのでした。

音を出さないよう、準備室で身を屈めます。ちょこっとだけ頭を上げてチェック。擦り硝子の窓越しに、すぐそこにいるふたりのしなぷすのシルエットが見えました。彼らは、私が投げた椅子を怖々とつついているようでした。

ばっちりです。この窓の向こうに彼らを誘導するために、私は狙って椅子を投げたのです。

私はしゃがんだまま、落ちていたデカめの瓦礫を静かに拾い上げました。

そして立ち上がり、思い切り振りかぶって、擦り硝子目掛けてぶん投げました。

耳をつんざく大音声が上がり、硝子の破片がふたりに降り注ぎます。そして悲鳴。と、

私は思い切り地を蹴ってひとっ跳び、割れた窓から廊下にいるひとりの顔面に向かって、ドロップキックをしました。しっかり喰らった相手はドーンと吹き飛び、廊下の

窓に頭から突っこんで、だらりんとしました。

私はすぐさま体勢を直し、もうひとりの両足目掛けて体当たりしました。そのまま組み伏して馬乗りになり、控え目にぽこぽこしました。みるみるかぶき揚げのような顔になった男の胸倉を摑んで引き上げ、「ピロリンはどこ？」と尋ねます。

「し、知らねえ……」

男は蚊の鳴くような声で答えます。私はぽこぽこしました。

「それはボスのみぞ知る」と呟いて、男は気を失ってしまいました。

私が男をポイと放った時、すぐ上の階から「おい、なんだ、どうしたんだ！」という声が聞こえました。

私は再び準備室に入りました。廊下の反対、校庭側の窓を開け外に出て、雨どいに足をつけます。それから上に延びる排水パイプをよじ上り、科学室の上階にある講義室に至りました。

窓から室内を観察。

三人。

いかにもなチンピラの男がふたりと、私が砂浜でのした金髪。チンピラたちは鉄の棒を持っています。金髪は偉そうに教壇に腰掛けていました。彼がボスなのでしょう。

私は窓の桟に手を掛け、振り子で勢いをつけて、思い切り窓を蹴破り講義室の中に入りました。

甲高い音と共に突然に外から現れた私を見、三人は想像以上に狼狽えました。

「うわ、うわあ！」

私の近くにいたチンピラのひとりが、どてんと腰を抜かします。私はすかさずその顔面を控え目に蹴り上げました。

「畜生！」と、金髪の近くにいた男が、雑然と並ぶ机を飛び越えて私に突進してきます。私はそれを避けざまに、男の背を両手で押しました。男は勢い余って室内後方の棚に置かれた水槽に激突し、気絶。その衝撃で枯れた水槽に入っていたブリキの出目金が飛び出し、床でカランと跳ねました。

「げええ、話が違う！」

金髪がおののきました。

私は出目金を拾ってパンツの左ポッケに入れ、彼ににじり寄りました。

「待て、待て！」

金髪は後ずさります。

「待たん。ピロリンはどこ？」

その時です。

室内前方の扉から、「動くな、そこまでだ！」という声がして、唐草模様のバンダナを巻いた男が現れました。

見るに、その男は「親父が肩甲骨勤めの役人だ」的なことを言っていたやつでした。彼の手には縄が握られています。引っ張ると、その先に繋がれたピロリンがずるずると姿を現しました。

「ピロリン！」

私が一歩を踏み出そうとすると、

「近づくんじゃねえ！」

バンダナが大声で言いました。

「それ以上来ると、このピロリ菌をはちゃめちゃにするぞ！」

私は、ぐっと体を止めました。

形勢逆転と見た金髪が笑い、

「おいてめえ、砂浜ではよくもやってくれたな」

そのまま、私に近づいてきます。

「俺たち右肩部出身の貴族が、お前みたいな左足野郎にここまでコケにされるなんてな……！」

金髪の言うには、彼らは元々右肩住まいの者で、この三連休にたまたま左足薬指に旅行に来ていたとのこと。どうりで見覚えのない連中だと思いました。観光するにも何もなく、仕方なしに海で遊ぼうとしていたところ、かの顚末を辿ったと。

「お前にやられた後、実はこっそりお前を尾行して家の見当をつけてたんだ。悪玉コレステロールの贈り物は気に入ってくれたかい？」

金髪はいやらしく口角を上げます。

窓から朝の光が差し込んで、室内は蜂蜜に浸されたようになりました。

私はピロリンを見、次にバンダナを窺いました。私の視線を受けたバンダナがちょっとびくついて、ピロリンを繋いでいる縄を強く引きます。ピロリンが苦しそうに「うどぅ」と鳴きました。

「卑怯者」

私は冷たく言いました。

「私に敵わないからって、家族に手を出すなんて」

「家族？　こんな悪菌が家族？」

金髪とバンダナは顔を見合わせて笑います。

「左足の薬指野郎って、最下層だけあって、やっぱおかしいわ！」

金髪が教壇から下り、懐からとんかちを出しました。

「こんなやつはな、林檎ちゃんのためにも駆除した方がいいんだよ！」

そうして、ピロリン目掛けて振り下ろそうとしました。

私はパンツの尻ポッケから悪玉コレステロールを取り出し、その場で体を捻って金髪に投げつけました。人質をとられているのにまさか私が動くとは思っていなかったらしい金髪は、悪玉コレステロールを側頭部に受けて昏倒しました。

その右隣にいたバンダナに怯む暇を与えない速度で、間近の机を蹴って滑らせ、彼のお腹に直撃させます。バンダナはうずくまり、面白い顔色になって震えました。

（林檎ちゃん、さっきからの私の華麗なる大暴れにあてられて具合が悪くなってはいませんか？　これは白血球部隊の訓練を受けている者なら誰でも使える格闘技術ですから、どうか私を怖がったり、嫌いになったりしないでください）

私は、側頭部におにぎりみたいなたんこぶをこさえて呻く金髪を見下ろします。

「ねえ、どうしてそんなに左足の薬指を馬鹿にするの？」

私が尋ねると、金髪は涙目のくせに嘲笑しました。

「だって、お前らは下等だから」

「なんで下等って思うの？」

「お前ら、林檎ちゃんの生活において何にも役に立ってねえじゃねえか」

「そんなことない」

「じゃあ、左足の薬指の重要性を教えてくれよ。なあ」

「……薬指っていうのはね、実は自律神経にとても関係が深くて、骨盤とか第四腰椎の動きの調節もしてたり――」

「ケッ」

金髪は唾を吐きました。

「そんな実感を伴わないこと言われたって、説得力がねえんだよ」

「あんたに何がわかるってのよ」

「じゃあお前、薬指の署員が自律神経いじくったり腰椎を調整している姿を見たことあんのかよ。そんな専門的で高等な技術が要求されることを、左足の署員がやってるのを目の当たりにしたことあんのかよ」

私はぐうの音も出ませんでした。

「ほらな。やっぱりお前らは役に立たないんだよ。最下層だから。ばあか」

へへへと笑う金髪の頭を控え目に蹴っ飛ばします。金髪は気絶しました。

私は、悔しくってなりません。

どうしてこうも、働いている器官によって差別を受けなければならないのでしょう。

馬鹿にされなきゃいけないのでしょう。

汗に塗れた父の背を思い出しました。

こみ上げる涙を紛らわすために、のびた金髪の口にブリキの出目金を押し込んでやりました。

「帰ろうね、ピロリン」

私は、ピロリンを抱き上げました。

ピロリンは弱々しく頭らしき部分を上げて「うどぅ」と鳴きました。

◇

ピロリンを抱き抱えて廃校を出ると、ちょうど正午を報せるサイレンが響いてきました。

ピロリンは、私の胸の中で眠っています。傷つけられたところはありませんでしたが、精神的に疲弊しているようで、ずっと大人しくしていました。

家に帰り着き、ピロリンを菌小屋に寝かせました。

家族にどう説明しようか考えながら、靴を脱ぎ、上がり框(がまち)に腰掛けます。居間からテレビの音が聞こえてきました。

悩んでいたって仕方がありません。

ここは、持ち前の楽観的思考を働かせるのです。

私は両頬を張り、努めて明るい表情を浮かべて、「いやあ、ピロリン誘拐されてたから取り返してきたよ～ん」と、ウインクしながら居間へ入りました。

しかし家族は、私をちらりとも見ません。ずっとテレビに釘付けです。

何やら、様子が変でした。

私は訝しく思いながら、もう一度「ただいまあ～」と言ってみます。

父も母もあまども、無反応。

私は家族の視線を追って、テレビを見てみました。

ニュース速報が流れていました。

慌てるキャスターの映像の下に、『脂肪鉱署員・ストライキ開始』とテロップがありました。

「ごめんね、とんぼ返りみたいになっちゃって」

私は荷物を纏めて、玄関で靴を履きました。緊急事態ですので、白血球部署員の規律に従い出勤しなければなりません。

「もっとゆっくり居て欲しかったけど、まあ、仕方がないわねえ。仕事じゃもんねえ」

私を見送ろうとする母が、怪訝そうに首を捻ります。

「それにしても、どんげしたっちゃろか。いきなりストライキだなんて」

「林檎ちゃんのダイエットに何かあったのかな？」と、あまど。政策に関わらない一般しなぷすたちは、減量によって今の林檎ちゃんがどれだけ危機的な状況にあるのか、その全容を知りません。

「あまり無理はするなよ。辛くなったらいつでも帰って来るとよ」

母の隣で腰を掻きながら、つっけんどんに父は言いました。

「ありがとう。皆も健康に気をつけて。またそのうち帰って来るからね。……あ、あと、ピロリンのこと頼んだよ。いたずらされたらすぐに教えて。何度でも返り討ちにしてやるんだから」

私は、母とあまどとハグをして、家を出ました。路地を歩きながらふと振り返ると、父、母、あまどが玄関前に立って、ずうっと私を見つめていました。私が手を振ると、あまどが大きく、母は小さく振り返しました。父はこくりと頷きました。

次にいつ戻れるかわかりません。私は故郷の匂いを満タンに吸い込みながら町を行きました。

第四指骨の付け根に位置している駅に着き、ホームで列車を待っていると、司令室から連絡が。

「はい」

携帯神経糸でんわの小窓には『メガネ・ボーイ』と表示されています。

『あ、いろりさん。テレビは見ましたか？』

「ええ。脂肪鉱の署員がストライキを始めたとか」

『そうなんです。それ極秘の情報だったのに、一体どこから漏れたんだか。彼らが働かないからカロリーの確保ができなくて、こっちはもうてんてこまい』

「私もこれから戻ります。戦力になればいいけれど」

『いやはや、助かるよ』

「それにしても、どうして彼らはストに踏み切ったんですか？」

『いやぁ、それが……』

メガネ・ボーイは声を潜めます。

『これはまだ世間に公表されていないどころか、司令室でも限られた署員しか知らないんだけれどね』

「はい」

『もう余分な脂肪がないのに、司令が無理に採掘を進めさせたんだ。そうしたらとうとう、崩落が起きちゃって』

「え！　そ、それで負傷者は？」

『幸いにもいなかった。けれど、司令はその事故について緘口令(かんこうれい)を敷いたんだ。林檎ちゃんの減量で、ただでさえパニックに陥りかけているしなぷすの不安を煽るだけだから、って』

　脂肪鉱員がストを始めた理由が理解できました。

「つまり鉱員たちは、その指示に我慢がいかなかったわけですね」

『ああ。「どうして命がけで林檎ちゃんのために働いているのに、それが隠蔽されるんだ。名誉を知らせてもらえないんだ」って、怒りを爆発させちゃって。元々、司令に対して不満が溜まっていたみたいでさ。それがとうとう弾けちゃったんだ』

　メガネ・ボーイは困ったように言います。

『どっちの気持ちもわかるから、板挟みで辛いんだよなあ』

「そうですね……」

『あ、それとね。最近、対策班がずっと打ちこんできた研究に、やっと成果が出そうなんだ。それっていうのはね、』

　甲高いベルの音が鳴り響き、メガネ・ボーイの声を掻き消しました。

「ごめんなさい、列車が来た！　また後で！」

　私はメガネ・ボーイに断りを入れて、携帯を切りました。

『特急・脊髄行き～、脊髄行き～』

　平坦な車掌の声。血流に乗って進む列車が、真っ赤な車体を鈍く光らせてやって来ました。

◇

脊髄駅到着後、私は自宅へ戻ることなく、そのまま司令室へ赴きました。

司令室に続く通路を行く最中から、署員たちの喧騒が聞こえてきます。署員証を扉口の承認機に通して入室すると、点描と金平糖の間を縫って、署員が東奔西走していました。室内の隅では、未だに対策班がにやにやしながら怪しい開発をしています。

約束通り、だいごろうさんに『きんこじゅちゃん』を装着してもらっていると、私の帰還に気付いたメガネ・ボーイが手を上げました。

「いろりさん、短い休暇になってしまってすまないね」

メガネ・ボーイは過労によるアドレナリンが出ているようで、見た目こそ焼き肉の後の焦げたもやし然とした風体ですが、その表情はとても爽やかでした。

「早速、君にも仕事に入ってもらいたいのだけれど……指示を出してくれる肝心の司令が、今、あんな具合でさ」

メガネ・ボーイは、お立ち台の右手にある簡易応接間を顎でしゃくりました。

硝子張りのプレハブ小屋みたいな空間の中、革のソファに腕組みをして座っている司令と、テーブルを挟んで対面する脂肪鉱員一同の姿が見えました。会話こそ聞こえませんが、脂肪鉱員たちの顔面が男梅のようになっていることから、穏やかな雰囲気ではないとわかります。

私とメガネ・ボーイは、しばらく応接間の様子を窺いました。

ソファに座っている脂肪鉱員の代表と思しきゴツい中年しなぷすが、鞄から書類を取り出して、司令に突きつけました。司令は首を左右に振ります。すると代表が何事かを叫び、その後ろにいた他の鉱員がやんやと腕を突き上げました。

司令は腕組みをし、再び首を左右に振りました。

代表が、テーブルを叩いて立ち上がります。驚いてひっくり返る司令に怒声を浴びせて、踵を返し、応接間から出てきました。その後に、ぞろぞろと一行が続きます。

私たち署員は、鉱員一同を見遣ります。皆、怒りで顔が真っ赤です。代表が激しく扉を開け放ち、彼らは退室していきました。「おーこわ」と、メガネ・ボーイ。

私は司令の指示を仰ごうとして、応接間へ足を運びます。

そうしてドアノブに手を掛けたところで、念仏のような声が微かに聞こえてきました。

何だろうと元を辿ると、応接間の陰で、ハンチングを被って右耳に鉛筆を挟んだ、いつか見た妙齢の胡散臭い男しなぷすがしゃがみ込んでいます。

胡散臭い男は、ぶつぶつと何事かを呟きながら一心不乱にメモ帳に鉛筆を走らせています。私には気付いていません。

「あの」

声をかけると、胡散臭い男は「ギャッ！」と飛び上がりました。

「何してるんですか？」

「ん、ああ、いえ、何もでげす。げすげすげす」

男はハンチングを押さえながら笑い、腰を低くして去っていきます。

首を捻っていると、いつの間にか応接間から出てきた司令がお立ち台に立っていました。

「全員、注目！」

司令が大声で言います。

「諸君、ここが正念場である。各自、気合を入れて業務に取り組め。情報は絶対に外に流すな。無用な混乱が起こる」

署員は黙って聞きました。

「我々はこれまでも数多(あまた)の苦難を乗り越えてきた、強いしなぷすだ。必ずや血路は拓かれん」

でも、そんな希望的観測ばかり言われても、この局面を打開する策などあるのでしょうか。

その疑問はどうやら署員全員の共通だったようで、「司令！」と手を挙げた汗腺部の若い女しなぷす署員が、これまで誰も口にしなかった一石をとうとう投じました。

「司令はどうして、ダイエットをやめるよう、大脳メインコンピュータに直に訴えかけてくださらないのですか？」

その意見に、司令室に一瞬で緊張が走りました。「言った」「誰もが我慢してきたことを」……署員はごくりと唾を呑んで、司令を見つめます。

司令は帽子を被り直し、少しの間を置いた後に答えました。

「大脳メインコンピュータに直接干渉するというのは、林檎ちゃんの自我を傷つける恐れがある。自我とは、心臓より大事な、林檎ちゃん『そのもの』だ。これに傷がつけば、我々も無事では済まない。いつかきっとダイエットは終わると信じ、ここは我々のみで確実な方策を練るのが最良だ」

「そんな悠長なこと言ってる場合ですか」

女性署員は強い口調で言います。

「チューリップは咲くわ、点描やら金平糖は漂うわ、天井から粉砂糖は降るわ、一部の署員はオネエのメルヘンになるわ……もうとっくに、体内環境は無茶苦茶ではないですか。今更、何をびびる必要があるんですか。後手後手に回るのではなく、ここは多少のリスクを覚悟して、大脳メインコンピュータに意見してください」

小さく「賛成」「そうだ」という声が上がりました。

するとまた司令も「それはならん。絶対ならん」と応酬します。

「お願いです」

「ならん」

「これができるのは、あなたしかいないんです」

「駄目だ」

「各所のグリコーゲン貯蔵ももうギリギリなんですよ」

「無理だ」

「やってください！」

「せぬ」

この問答は林檎ちゃんを怖がらせないよう、実際の会話を掻い摘み、言葉を柔らかくして冷静に書いていますが、現実ではこの時、意見する女性署員の闘志が飛び火したもろぼし降ろし派の連中が一気に燃え上がり、お立ち台に空き缶やらチューリップやら金平糖やらカップラーメンの空容器などが投げつけられるかなりの大騒ぎになっていました。

飛び交う罵声と有機物から司令を守ろうと、もろぼし擁護派の署員が一致団結、もろぼし降ろし派の連中との交戦を表明して乱闘が始まりました。

各派閥の署員が入り乱れる中、「やめて、やめてよ！　喧嘩はいくない！」とオネエ党が結成されて仲裁に入ります。けれどもそのオネエ党も、擁護派と降ろし派、両陣営からの挟撃にあって半狂乱となり、「やめろっつってんだろうがオラア！」と酒焼けした声を張り上げて応戦を始め、司令室内はいよいよ地獄と化しました。その時ベッドの上でぼんやりしている林檎ちゃんが伊草君のことを考えたらしく、天井から粉砂糖が降ってきました。点描と金平糖も数を増します。その光景は、遠目から見れば署員が雪の舞う中でお互いをわかり合うために殴り合っている素敵なものでした。

喧嘩囂躁（けんかごうそう）の中、私は身を低くして、お立ち台の陰へ避難しました。するとそこに、ダンゴムシになっている司令がいました。彼も隠れていたのです。

「ねえ司令。どうすんですかこれ」

「うむむ……」

「何とかしてください」

「そう言われてもな」

いよいよ署員たちの噴く生臭い組織液の霧がかかってきたその時、誰かが神経回路を操作したのか、突如、眼球モニターの映像が、体内に放送されている民法テレビの画面に切り替わりました。

胸倉を摑んでいた者、頭にチューリップを植えられた者、体育座りで親指を咥えて泣いていた者、机の下で震えていた者、拳を振り上げていた者、そして私と司令……。

気絶した者を除く全署員が、ぴたりと動きを止め、モニターに注目します。

『本日二度目の、緊急速報です』

若い女性キャスターしなぷすが、早口で原稿を読み上げます。

『昨日、腹部・脂肪鉱で崩落事故が発生していたことが明らかになりました。しかし司令室はこの事実を今まで秘匿していたとのこと。この対応を不承として、鉱員が保障と特別手当を求め直談判に赴くも、司令は「一端の署員より、まずは林檎ちゃんを優先するために受け入れられない」、また、「崩落の事実、および本会談の内容を第三者に漏洩させれば、鉱員を取り巻く労働環境は更に悪化する」という脅しとも取れる回答を示し、要望を却下したそうです。これにより、鉱員は更にストライキを続ける意向を示しています』

『こちらは鉱員の告発によって判明した情報ではありませんが、信頼できる筋からのタレコミですから、事実と見てまず間違いないでしょうね』と、コメンテーターのおじさんしなぷす。

『繰り返します、昨日……』

「どういうことだ……！」

司令室の静寂を切り裂くように、お立ち台に飛び乗った司令がヒステリックに叫びました。

「誰だ！　誰が早速、情報を漏らした！」

◇

この報道による事実は、アッという間に全器官の知るところとなりました。

そしてこれは、体内に暮らすしなぷすの膨らんでいた不満を割るに足る一針でした。

この時より、とうとう、司令の危惧していた最悪の事態を迎えます。

脂肪鉱の鉱員に留まらず、ほぼ全ての器官の署員が、司令室の一切を不服として、一斉にストライキを始めたのです。

月曜日、三連休最後の日も残り数時間でおしまいとなりました。

林檎ちゃんは、今日もまた十分な食事をしませんでした。なのに腹筋やらティッシュ箱跨ぎだけは続けるものだから、筋線維の損傷を治すたんぱく質もなくなって、ついには軽度の栄養失調みたいになってしまいました。空腹を紛らわせるべく水ばかり飲むために、これまで出ずっぱりだった腹の虫がふやけてあまり鳴かなくなりました。

夜の自室で、林檎ちゃんはもたもたと明日の授業の準備をします。ここでハッと、自分が宿題をしていないことに気付きました。慌てて机に向かったものの頭が働かず、廊下に立たされた際の時間の潰し方を想像しながら、早々に床に入りました。

カーテンの隙間から、満月が見えます。

まるで、クリームの詰まったお饅頭のようでした。

枕に顔を押し付けて、グッとお腹を押さえながら、林檎ちゃんはまた悶々と伊草君のことを考えます。

◇

その頃、司令室はお立ち台を中心に東西南を綺麗に三分割して戦争の真っ最中でした。

シンとする空気の中、明滅する灯りがお互いの陣の前の机や棚でできたバリケードを照らしています。東がもろぼし擁護派、西が降ろし派、南がオネエ党です。

対立が始まってから、しなぷす時間にして既に三十六時間。現在は停戦状態にありますが、いつまた戦闘が開始されるかわかりません。

私は擁護派につき、机をひっくり返して作った防護柵の陰で、モゾモゾとカロリーメイトを齧っていました。ふと頬に触れると、指にべったりと脂っぽい汚れが……。ああ、私だってうら若き乙女なのに、もう二日もお風呂に入っていません……。

天井から、ハラハラと粉砂糖が降ってきました。

「いろりさん、いろりさん」

小さな声で呼び掛けながら、メガネ・ボーイがほふく前進でやって来ました。

「大丈夫かい？　ひどい顔じゃないか」

そう言うメガネ・ボーイだって、燃え尽きたマッチ棒のようです。

「食べ物は足りるかい？　足りないんだったら、ほら」

メガネ・ボーイは、浮遊してきた金平糖を摘んで口に放り込みました。「これ実は食べれるんだ。糖分にだけは困らないね」

「司令はどこですか？」

私は漂ってきた金平糖をでこぴんして尋ねます。

「今日中にこのくだらない争いと全器官のストを終わらせないと、明日から学校ですよ、学校」

「そうだねえ。ほら、司令はあそこさ」

メガネ・ボーイは、部屋の隅を指差します。対策班と円座を組んで、何やらしている司令の背中がありました。円の中心からアーク溶接の橙の光がほろほろ零れており、周囲の薄暗さを拭っています。

私は司令の元へ行って「何してんですか」と声をかけました。

私に気付いた司令は「シッシッ」と猫を追い払うみたいにします。

「超極秘開発の最中だ。また情報が漏れてしまうからどこかへ行け、左足薬指娘」

私はムッとして、先ほどメガネ・ボーイに愚痴った「明日からどうすんですか」というようなことを言いました。

すると司令はこちらを見もせずに「これができれば全ては終わる」と言って、対策班のおたくたちと、ニタリと笑い合いました。

怪しい研究をしている場合でしょうか。「もう知らんわ」と思い、私は再び机の下に戻って、布団の中の暗闇を映す眼球モニターを見つめました。その暗闇が微かに蠢くのは、林檎ちゃんが寝返りを打っているからです。ストを行っていない一部の器官の署員が、かろうじて林檎ちゃんの行動を支えていました。

粉砂糖が本降りになりました。

ここ最近、大脳メインコンピュータは、「お腹空いた」という心緒しか示しません。本当は様々な感情があるはずなのに、あまりに空腹感が強すぎて、その他の心緒を飲み込んでしまっているのです。

私は机を背にもたれて、林檎ちゃんの学校生活を思い描きながらぼんやりしました。

一日の最後には総括となる記録を読むことができますが、相対性理論のせいで、もう随分、私たちは学校生活を詳細に体験していません。

果たして林檎ちゃんは、うまくやれているのでしょうか。

事あるごとに逃げ出したり、「ごめんなさい量産機」となって、周囲を、伊草君を、困らせてはいないでしょうか。

林檎ちゃんは、ちゃんと日々を楽しんでくれているでしょうか。

立派な人間に近づけているでしょうか。

ああ——恋。

私は恋を知らず、林檎ちゃんの苦悩に少しも寄り添うことができません。

私は家族を想いました。胸は苦しくなりますが……でも、恋。家族を大切に感じるこの切なさとは違うものなのでしょう。

恋が憎い。

実体もないくせに、よくもこれほど林檎ちゃんを苦しめてくれる。

林檎ちゃんの苦しみを、少しでもわかってあげられたらいいのに——。

そう思うと、恥ずかしながら、ぷくぷくと涙が溜まってきました。

そんなにお腹が減るのなら、何か食べたらいいのに。近づきたいなら近づけばいいのに。喋りたいなら喋ればいいのに。何をそんなに悩む必要があるのでしょうか。

好きなら、好きと言えばいいのに。

好きな人に好きと言うのは、そんなに難しいことなのでしょうか。

ああ、ああ、ああ——恋！

お願いだから、林檎ちゃんをこれ以上苦しめないで……！

膝を抱え半ベソをかいていると、明滅していた灯りがバツンと断末魔の叫びを上げて、それきり消えてしまいました。

司令室に、「ざわ」という不安の波が起こります。

「うわあでげす！」

「ちくしょう、逃がした！」

暗くなった室内のどこかから上がったその大声が不安に着火して、たちまち停戦状態が壊れました。署員は落ちているモノを投げたり罵声を浴びせたり、再び三つ巴の交戦を始めてしまいました。

私は手持ちの洋燈（ランプ）に火を入れます。隣で金平糖を追いかけ回していたメガネ・ボーイが、飛んできたホッチキスを後頭部に受けて倒れました。

私は「鎮まれ鎮まれーっ！」と叫びます。まるで無駄でした。

ちょっと戦っては休憩を繰り返し、そうして夜通し小競り合いは続きました。誰もが後に退けない意地に動かされていました。私は必死に宥めようとして奔走、ありとあらゆる事務用品を被弾しながら停戦を求めて叫び続けました。

そんな中、「開発」とやらを終えた対策班の連中だけは、周囲の状況など我関せずで、気色の悪い笑みを浮かべて室内をふらふら練り歩いていました。

とうとう夜が明けて、火曜日の朝となりました。

林檎ちゃんが目を覚まし、大脳メインコンピュータが起動します。

背伸びと欠伸一発、ベッドから下りようとして、林檎ちゃんはそのままゴロンと床に倒れました。

その衝撃で地震が起きて、眠気から半目でよだれを垂らしていた私たちはひっくり返りました。

林檎ちゃんは、頭上に「？」を連発しながら、立ち上がろうとします。けれども足に力が入らず、またどてんと転びました。私たちもまたひっくり返りました。

それから何度も、林檎ちゃんは立ち上がろうとしては倒れます。

そのうち、寝起きの兄上様がやって来て、「うるさいなあ。朝から何をドッタンバッタンやってんだ」と言いました。

林檎ちゃんは兄上様を見つめ、それから、ふ、と瞼を閉じました。

糸が切れたように傾いだ体を、慌てて兄上様が支えます。

ストライキによる、貧血でした。

兄上様は、林檎ちゃんをベッドに寝かせました。事情を聞いた母上様がやって来て、「今日は学校はお休みして、ゆっくりしてなさい」と言い、部屋を出て行きました。

署員たちは、派閥関係なく、愕然としていました。

私はと言えば、堪忍袋の緒が切れておりました。

「いい加減にしろーッ！」

無意識にお立ち台に立って、私は叫んでいました。

「いつまでこんなくだらない争いをしているつもりなの！」

防護柵から顔を出した署員たちが、私を見つめています。

「こんな、くそどうでもいい、司令擁護だとか降ろしだとかオネエだとか、うだうだやってる場合か！　まずは何をすべきか考えろーッ！」

その時、「いたぞ、捕まえた！」「ぐええ、離すでげす！」「逃すか、この提灯野郎！」という、連続した声がしました。私に集まっていた視線が、声の上がった一点に注がれます。

オネエ党陣営の隅。

そこに、対策班のひとりである小太り男に羽交い締めにされている、胡散臭いハンチングの男がいました。

対策班は、抵抗する胡散臭い男の首に下がる署員証に、赤いイヤホンジャックみたいなものを当てました。すると胡散臭い男は一瞬だけびくりとして、大人しくなって耳から煙を噴きました。

「諸君！」

長机の上に立ち、司令がマントを翻しました。

「この男は、司令室に潜り込んだスパイである！」

どよめきが満ち、対策班が胡散臭い男（以下げす男）の首筋に気付けの当身をしました。げす男はハッと意識を取り戻し、「畜生！　離せ！　報道の自由を侵害するなでげすー！」と暴れます。

「脂肪鉱崩落の情報が漏れた時から、俺は密かに司令室内にスパイがいると踏んでいた。だから、君らがしょうもない諍いをしている間に、対策班と共に『びりびりくん』という情報漏えいバカをあぶり出す機器を開発していたのだ」

司令の言葉を受け、対策班のひとりが、赤いイヤホンジャックを皆に見せるようにします。

「この『びりびりくん』は、偽の署員証を持っている者を探し出すレーダー兼拷問装置である。夜通しの捜索の甲斐あって、とうとう今しがた犯人を捕まえた！」

司令は長机から下り、げす男に近づきます。

「散々掻き回してくれたな。貴様は何者だ」

げす男はニヤリと笑い、プイと顔を背けました。

「言うわけないでげす、ばあか」

対策班のひとりが『びりびりくん』をげす男の署員証に当てました。「あっしは、ただの流しのジャーナリストでさあ」と、げす男は言いました。

「情報を仕入れてはマスコミに売っていたわけか」

「へへ。人聞きの悪いこと言いなさんな」

げす男は司令を睨みつけます。

「あっしは、林檎ちゃんのことを想ってるんでげす。林檎ちゃんのためにこそ、おたくらが隠してること、やってることを全てのしなぷすに伝えようと思っただけでげす」

「屁理屈こねるな」

「本心でげす。誰だって、風通しの良い環境で働きたいもんでげしょ。林檎ちゃんが素敵な毎日を送るには、しなぷすの心地よい労働なくしてはあり得ないんでげす」

そうしてげす男は、ひときわ笑いました。

「でも、捕まっちまったもんは仕方がねえでげす。あっしも男、散り際には喚かねえ。さあ、煮るなり焼くなり好きにするでげす」

すると司令は、何故だか不敵な笑みを浮かべました。

「お前をぶちのめしはしない。まだまだ、仕事をしてもらう」

「げす？」

「これから司令室で起こることの一切をマスコミに流せ」

司令の言葉に、署員たちは不思議そうに顔を見合わせます。

「一連のスパイ活動で、お前はマスコミに信頼されている。お前がこれから流す情報にも信憑性を持ってもらえるだろう」

「どういうことでげすか？」

「黙って言われた通りにしろ」

司令は何を考えているのでしょうか。意図的に情報を流すだなんて……。

そんな私の懐疑的な視線を感じたのか、司令は「慌てるな」と言って、こちらへ歩いてきました。そしてお立ち台に上り、対策班のひとりから、大きなくじらのぬいぐるみを受け取って掲げました。

「刮目せよ。これは、『かいそうさん』という発明品である。この機器は、大脳メインコンピュータを傷つけずに林檎ちゃんの記憶を呼び起こし、眼球モニターに投影するものである」

切れたと思っていた灯りが再び明滅を始めて点き、お立ち台の司令を照らしました。

「これより、林檎ちゃんの最近の学校生活鑑賞会を行う。総員、敷物と椅子と飲み物とおつまみを持って、モニター前に集合せよ」

光度を落とした室内、署員たちは眼球モニターの前に綺麗に並んで座りました。幹細胞ビデオカメラを携えたげす男もいます。

司令はお立ち台の前に幾つか段ボール箱を積んで、その上に『かいそうさん』を載せました。大脳メインコンピュータの神経端末を接続してカチカチといじくると、『かいそうさん』の両目がパアッと発光し、眼球モニターに、私たちが体験することのできなかったここ最近の学校の様子が投影されました。

それは、林檎ちゃんが掃除当番だった日です。

ゴミ箱を持ってえっちらおっちら渡り廊下を歩いていると、向こうから伊草君がやって来て「林檎さん」と声をかけてきました。

「重そうだね。手伝うよ」

林檎ちゃんの見る伊草君には、後光が差していました。視界がぶんぶんと左右に振れます。申し訳ないので断りを告げようにも、言葉が出ないみたいでした。

それから林檎ちゃんは慌てて伊草君の脇を行こうとして、ゴミ箱を蹴っ飛ばしてしまいました。中身がバラバラと散らかります。

「大丈夫?」

伊草君は小さく笑いながら、一緒に片付けてくれました。

林檎ちゃんは、ずっと顔を伏せていました。

映像が揺らめき、また別の日を映します。

授業の中休みに、歴史の教科書を用意している時でした。

鞄を探っていた林檎ちゃんは、誤ってポーチを落としてしまいました。それを通りかかった伊草君が拾ってくれました。「はい」と言って差し出す際、彼は「あ」と何かに気付きます。

「これ、ほぺぴょんのストラップ?」

林檎ちゃんのポーチには、ほぺぴょんというウサギのキャラクターの根付けがついていました。

「僕も好きなんだ。ほぺぴょん、可愛いよね」

伊草君は、ほぺぴょんのほっぺたをつつきます。

林檎ちゃんは震えて、何かを言いかけて、でも言えず、奪い取るようにポーチを受け取ると、教室から逃げ出してしまいました。女子トイレに駆け込んで、個室で大暴れする左胸を押さえながら、しゅんと俯きました。

映像が変わります。

帰りのホームルームが行われる前。先生を待っている時、林檎ちゃんは窓の桟にもたれて、風に揺れる楓の梢を眺めていました。鬼ごっこをしている男子の喧騒が背後に聞こえています。

どん、と、誰かが林檎ちゃんにぶつかりました。

伊草君です。

「おっと。ごめんね、林檎さん」

伊草君がすまなそうに頭を下げました。周りの男子が口笛を吹いて囃（はや）し立てます。林檎ちゃんは何度も首を左右に振りましたが、「気にしないで、大丈夫だよ」という言葉の「気」さえ口から出てこずに、また教室から逃げ出しました。水道でごくごく水を飲みました。

映像が変わります。

授業中に伊草君と目が合い、逸らしました。伊草君が誰か他の女子と喋っていました。息が詰まりました。伊草君が他の女子に優しくしていました。見ていられませんでした。伊草君が先生から褒められました。嬉しくて嬉しくて、誰にもばれないように机の下で小さく拍手しました。遠くで伊草君が笑いました。林檎ちゃんも笑いました。伊草君が暗い顔をしていました。林檎ちゃんは心配で胃が痛くなりました。

次々に切り替わる映像。

色づいていく窓の外の楓。

様々な日常の林檎ちゃん。

署員たちは、モニターを真っ直ぐに見つめています。

ある日の昼休みの教室。

三学期の選択授業についてのプリントを先生に出し損ねた林檎ちゃんは、仕方なく、本当に仕方なく、クラス委員である伊草君の元へ持っていきました。

どうにか「あの、これ……」という声を絞り出し、林檎ちゃんはまるで賞状を受け取る時みたいな具合で、伊草君にプリントを差し出しました。

伊草君は「はい、確かに受け取りました」と微笑みます。

それからふいに紙面に目を落とし、

「あ、林檎さんも情報処理コースにするんだね。僕とおんなじだ」

伊草君は、「やったね」と笑って、手を挙げました。

ハイタッチをしたがっているようでした。

林檎ちゃんは固まりました。固まって、魚のように口をぱくぱくさせ、頭から煙を噴きました。「ア、ウ、アア、オ、イエ」……かろうじて出た声は、とても日本語として成立していません。

ハイタッチ。

手と手が触れるということ。

伊草君と手が触れる。

そんな。

そんな、そんな、そんな。

「林檎さん？」

手を挙げっぱなしの伊草君が、不安そうな顔をしました。

そして、

「もしかして、僕と一緒は嫌だった……？」

林檎ちゃんは「違う！」と叫ぼうとしましたが、喉が凍っていました。

違う、私も嬉しいよ！

その本心の塊は、左胸でつかえて一向に出てきません。手を挙げなきゃと思っても、何故でしょうか、恥ずかしくて恥ずかしくて、まるで自分が裸になっているような気持ちがして、体温ばかり上がり、ひとつも動けなくて——。

「ごめんね」

伊草君は苦笑いを浮かべて、手を下ろしました。

「馴れ馴れしかったね」

そうして彼は謝り、「そうだ、返さなきゃいけない本があるんだった。じゃあね」と言って、教室を出て行きました。

林檎ちゃんは、しばらく立ち尽くしました。

それから、弾かれたように駆け出しました。

教室を出て、廊下を抜け、好奇の目を向ける生徒たちとすれ違い、先生の「走るな」という注意を無視し、スカートが翻るのも気にせず、階段を上り、最上階の踊り場へ出て、屋上へ続く扉を開け放ちました。

秋風の束が全身にぶつかりました。

林檎ちゃんは肩で息をしながら金網まで行って、網目に手を掛けて、青空を見上げて、今度は眼下のグラウンドで遊ぶ生徒を見つめて、また空を見上げて、ぼとぼとと涙を零し、泣きました。

眼球モニターが、まるで雨を受ける海面のように、ぐにゃぐにゃになりました。

溢れる涙はいくら拭っても治まらず、とうとう小さな嗚咽となりました。

そうして林檎ちゃんは、秋空の下で、ひたすら泣いていました。

私たち署員も、そんな林檎ちゃんを見て、泣きました。

どれだけ、辛いことなのか。

どれだけ、切ないことなのか。

自分が恥ずかしくなりました。

何をやっているんでしょうか、私たちは。

林檎ちゃんが、こんなにも苦しんでいるのに。

私たちは、本当にバカ丸出しです。

泣いている林檎ちゃんの背後から「こんなとこに捨て子かよー」と、女性の声がしました。見ると、塔屋の上に百枝先輩がいました。

林檎ちゃんに気付いた百枝先輩は、結構な高さがあるのにもお構いなしでジャンプ一発ぴょんと塔屋を下り、「林檎じゃん。どしたのこれまた」と、煙草をふかしながら近づいてきました。

林檎ちゃんは涙を拭いながら、自分が情けなくてどうしようもないということを百枝先輩に伝えました。百枝先輩はウーンと唸って首の骨を鳴らします。それからフウと煙を吐いて、「なんて助言したらいいのかさっぱりわからん」と苦笑しながら、林檎ちゃんの頭を撫でました。

「でも、な。ほら。あたしは林檎の味方だから。何かあったらいつでも言えよ」

百枝先輩はティッシュを差し出します。

「ま、とりあえず顔拭け。涙と鼻水でマジで汚ねえ」

◇

映像は、ここでぷつりと途切れました。

司令室に、光が戻ります。頬に涙の筋ができている署員たちの表情は、しかし、皆、雨上がりの向日葵（ひまわり）のように輝いていました。

百枝先輩以上に、私たちは林檎ちゃんを支えられる。

そう。そうだ。そのはずだ。

私たちは、林檎ちゃんを誰よりも愛する、林檎ちゃんのしなぷすなのだから。

『かいそうさん』の電源を切り、司令はげすす男に「今の一連の映像、撮ったか？」と尋ねます。げすす男は嗚咽を漏らしながら、「撮ったでげす、撮ったでげす」と何度も頷きました。

「それを今すぐマスコミに持って行け。そして、全器官のしなぷすに伝わるよう、テレビで放映してもらえ」

げすす男は司令に頷き返し、ビデオカメラを宝物のように胸に抱いて、司令室を出て行きました。

「諸君」

司令はお立ち台に立ち、座っている署員を見回します。

「林檎ちゃんがどれほどの苦しみを感じているか、これでわかってもらえただろう。派閥に分かれて空き缶投げ合っている場合ではない。今こそ結束し、林檎ちゃんの助けとなろうではないか！」

署員たちは立ち上がりました。突き上げる拳とその咆哮に、私は派閥の壁が崩れる音を聞きました。擁護派、降ろし派、オネエ党はお互いに頭を下げ合います。そして情熱を灯した握手を交わし、司令室に活力が燃え広がりました。

「さあ気合を入れろ、大脳司令室。林檎ちゃんの恋の成就に向けて、全身全霊で仕事に励め！」

司令が発破をかけ、署員たちは鬨（とき）の声を上げました。

◇

お昼に病院へ連れていかれた林檎ちゃんは、貧血の理由が無理なダイエットであるとお医者様に暴かれ、母上様にこっぴどく叱られました。そして帰り道に早速うどん屋に連れられ、天ぷらうどんをたらふく食べさせられました。

「しっかり食べて、しっかり動く。これがダイエットの正しいやり方なんだから。次からはもう無理しちゃ駄目だからね」

母上様に釘を刺され、林檎ちゃんはこっくりと頷いて指切りをしました。これでひとまずこの先、カロリー不足に陥る心配はなくなったでしょう。

そして、司令の狙い通り、げす男のもたらした『かいそうさん』の映像は瞬く間に全器官のしなぷすの知るところとなりました。

「ストなんかしてる場合じゃねえ。林檎ちゃんがこんなにも大変な時に！」

「俺たちが馬鹿だった。のらりくらりの生活に慣れて、いつの間にか我が身を案じるばかりで、林檎ちゃん至上の気持ちを忘れてしまってたんだ」

各所でストを行っていた署員はすぐに方針を撤回し、司令室には「自分たちも林檎ちゃんのためにできることはないか」というでんわが殺到しました。

私たちは持てる知識の全てを振り絞り、「どうしたら伊草君の目を惹けるか」という問題について議論を交わし、でき得る限りのことをしようと考えを纏めました。

伊草君とは、突き詰めれば男性です。男性というのはいわゆる「グラマラス」な女性に弱いわけです。ボン・キュッ・ボンに弱いわけです。

しかし、どうでしょう。今の林檎ちゃんと言えば「グラマラス」には程遠く、ボン・

キュッ・ボンというか、ポン・ポコ・ポンではありませんか。

ならば私たちのすることも、自ずと決まります。

「各所の署員は、林檎ちゃんの女性的魅力を存分に盛り上げていこう！」

私たちはこうして『林檎ちゃんセクシー化計画』を打ち出し、早速仕事に取り掛かりました。

表皮部の署員は美肌を求めて勤務時間外にも徹底的な清掃を行い、胸部署員はバストアップのために総動員で一心に空気入れを踏みました。睫毛部は毛根への水やり回数を増やして更なるバサバサ感を出そうとし、腰部は該当箇所に大縄を結んで内側に向かって綱引きをし、明確なくびれを表そうとしました。

夜になると各器官の代表が司令室に集まり、熱い会議を繰り広げます。

「もっとフェロモンの量産に注力してはどうか」

「女は男を目で殺す。まずは瞳の潤いを絶やさぬようにせねば」

「待て、眼球部の予算はもういっぱいいいっぱいだ。それより男はサラサラつやつやの黒髪に弱い。枝毛の殲滅（せんめつ）と頭皮への栄養供給をだな」

「アタシ、思うのよね。やっぱり体臭にこそ、その人の稟性（ひんせい）が見え隠れするものじゃない？　だからまず、気化する汗に糖分を混ぜて、甘い匂いにしてみたらいいんだわ。そうしたら、砂糖菓子みたいな林檎ちゃんの可愛さがもっと引き立つわ」

「おいおい、そんなことしたら林檎ちゃんに蟻がたかってきちまうぞ」

　この会議には、全くお給金が出ません。サービス残業というものです。でも、誰も文句は言いません。林檎ちゃんのために、皆、一生懸命でした。

　お茶汲みをしながら、私は上座で腕組みをしてびいどろを吹いている司令に耳打ちします。

「ねえ、司令」

「(ペッコン)」

「司令は、この展開を見越して『かいそうさん』の開発をしていたんですか？」

「無論」

「すごい先見の明ですね」

「当たり前だ。俺は大脳メインコンピュータに一番近いしなぷすなのだから、林檎ちゃんの苦しみを一番に理解している。だから、この物凄い苦しみが皆に伝わったなら、大脳メインコンピュータに干渉せずとも、きっと問題の解決に向けて結束してくれると信じていた」

　司令はびいどろを咥えたまま、口の端で器用にお茶を啜りました。

　この時、私は少し意地悪なことを尋ねてみました。

「司令は、林檎ちゃんの苦しみを知って、皆のように涙しましたか？」

すると司令は「まさか」と鼻で笑い、私をジロリと見つめます。

「俺は何があっても泣かん。統率者がめそめそしていては、他の連中に示しがつかんからな」

その固い表情に、私は彼が嘘を吐いていないと確信します。

先代が亡くなってから、司令は泣かなくなった――。

いつかの飲み屋での、だいごろうさんの話を思い出しました。

司令は椅子に浅く腰掛け直し、満足そうに大きく息を吐きます。

「見たまえ、いろり君。彼らの生気を取り戻した顔ときたら。ヘモが欲しいとか名誉がどうとか騒いではいるがな、皆、なんだかんだ言っても、結局は林檎ちゃんが大好きなのだ」

毎日三食きっちり摂って、夜には適度なウォーキング。健康的な減量法と署員の努力の甲斐あって、林檎ちゃんは次第に、全体的にツヤツヤしてきました。スタイルも、以前に比べれば良くなった気がします。元々、林檎ちゃんはもちもちしたハムスターみたいに可愛らしい女の子なのですから、磨けば光るのです。

秋の終わりには、林檎ちゃんにも多少の自信がついて、伊草君と三秒以上も目を合わせることができるようになっていましたね。

これは素晴らしい進歩でした。この調子でどんどんいけば、きっと近い将来には伊草君と恋仲の関係を築くことができるでしょう。私たちは俄然やる気を出し、雨の日も風の日も、寝る間を惜しんで精勤しました。

——しかし。

この、丁寧に、繊細に積み上げた努力は、瞬きの間に泡と消えることになるのです。

◇

寒風に乗って冬が街にやって来たある土曜日の昼、林檎ちゃんはてくてくとお散歩をしていました。

初々しい冬の空気を愉しみながら、あてもなく駅前を歩いていると、ロータリーにある喫茶店の窓際の席に、仲の良いご同輩であるペンヤやんとすももっちがいるのを発見しました。

林檎ちゃんはムププと笑い、静かに喫茶店へ入ります。そうっとふたりに近づいて、後ろからびっくりさせてやろうと考えていましたね。

林檎ちゃんは店員さんに礼をして、ふたりを指差し「お友達です」と言いました。

それから、飛び出す絶好の機会を窺って、ばれないように椅子の陰に隠れます。

その時、椅子の足の間から、ペンヤやんたちの向こうの窓の外に、伊草君が見えました。

この偶然に、林檎ちゃんは「あっ」と声を漏らしそうになって、慌てて口を押さえます。行き先を無くした呼気が横隔膜に入り、署員たちが驚きに飛び上がって天井に頭を打ち、林檎ちゃんに「ヒック」としゃっくりをさせました。

伊草君は、しきりに腕時計を見ていました。彼の素敵な私服姿に、林檎ちゃんは手で顔を覆い、まるでいけないものを見るかのように指の隙間からこっそり窺います。

ペンヤやんとすももっちも、伊草君に気付きました。

数分後、伊草君の元へ、誰かが駆け寄ってきました。

スラリとした、テレビから出てきたような、綺麗な女の人でした。

伊草君と女の人は、仲良さそうに一言二言の会話をし、どこかへ歩いて行きました。

それを見遣ったすももっちが、「あれ、伊草と、隣のクラスの内田さんだったよね?」と言いました。

「うん。それがね……」

ペンヤやんはキョロキョロと辺りを見回します。林檎ちゃんには気付いてはいません。

そして、そっと口を開き、

「これ、林檎には絶対に内緒なんだけどね」

林檎ちゃんの左胸……心臓部が、まるで拳銃で撃たれたように、ドキン、と大きく跳ねました。

無意識に、耳部が澄まされます。

ペンヤやんは潜めたつもりでしょうが、次のその一声は、しっかりと林檎ちゃんに届いていました。

「伊草さ。内田さんと付き合ってるらしいのよ」

◇

ぼぼん、ぼん、と、司令室の周りでくぐもった音が聞こえました。「何事だ！」と司令が叫んだ瞬間、体内環境早見表の一面に警告を知らせる真っ赤な丸が、数えきれないほど出現しました。点描と金平糖とそこらのチューリップが自然発火して消滅します。眼球部署から入電がありました。

「バ、バルブが吹き飛びました、助けて、うわああ、ぶくぶく……」

司令室の出入り口の扉が吹き飛び、ドドドと洪水が押し寄せてきました。壁の継ぎ目、神経糸でんわの受話器、老廃物箱の穴……室内の至るところからぴゅうぴゅう水が噴き出してきます。

一分もなかったと思います。

室内はアッという間に浸水し、署員は逃げる暇もありませんでした。

「あ、あっぷ、あっぷ！」

私は必死に泳いで水面に顔を出しました。それに続いて、次々に署員が浮上してきます。天井の近くまで浸水していました。

「ぶはあ！」と私のすぐ近くに上がってきた司令が、狼狽して叫びます。

「ど、どうなってるんだ、これは！」

しばらくぷかぷか浮かんでいると、そのうちに浸水は止んだようでした。

私は状況を知るために、息を吸い込み、ざぶりと潜りました。鼻をつまんで辺りを見回すと、椅子に引っかかって身動きが取れなくなっているメガネ・ボーイが白目を剥いているのを見つけました。すぐに彼を救出してから、もう一度潜ります。

眼球モニターは真っ黒で、何も映していません。その隣の体内環境早見表には、「浸水」「浸水」「浸水」という表示が出ていました。司令室だけでなく、全器官がこの水浸し状態となっているようでした。

再び水面に上がり、私たちはぽかんとしました。

そして冷静と落ち着きを取り戻した頃、ようやく、その水が「しょっぱい」と認識したのです。

それは、林檎ちゃんの涙でした。

たった些細な一言で、たった一瞬の出来事で、体内の世界が変わるくらい、人は絶望できるものなのですね。
本当は両目から零れるべき涙。それをうまく流せない、流し方を知らない、どうすればいいかわからない。そもそも泣けばいいのか、泣くことが正解なのか。叫べばいいのか、それとも押し黙ればいいのか。歯を食いしばればいいのか、呆ければいいのか、頭を抱えればいいのか、目を塞げばいいのか、見開けばいいのか、倒れればいいのか、硬直すればいいのか、いっそ笑うのがいいのか、笑いながら泣けばいいのか……。
この感情の決着を知らない。
けれども、林檎ちゃんの中で、今、確かに何かが壊れました。

命がなくなるより辛い。
血を吐くほどにわかりやすい死ではありません。
林檎ちゃんは、失恋したのです。

【五】最後の希望

司令室の水面に浮かぶボート生活を始めて、一週間が経ちました。

私はシャツ一枚にショートパンツ姿で準備体操をして、シュノーケルを装着し、「行ってきます」と言いました。隣で体育座りをしているだいごろうさんが、蚊の鳴くような声で「ああ」と言います。その脇で、打ち上げられた丸太みたいにボートに横たわっている数名の落伍者署員が、ひらひらと手を振りました。

ざぶんと潜り、室内を回遊しながら、私は失恋による無気力症候群に陥った署員たちに想いを馳せました。

彼らはもう何をする気力もなく、息をするのも面倒臭く、ただ毎日をボートの上で無意味に過ごすようになりました。ぼけっとして、たまに泣いて、昼寝して、起きては泣いて、また眠る……。体内を浸す涙の海には林檎ちゃんの心緒成分が混ざっていたみたいで、多くの者が悲しみに染められ、貝のように動かなくなりました。

私は、彼らと同じ轍(てつ)は踏みませんでした。私は彼らのように繊細でひ弱な精神など持ち合わせておりません。今日も今日とて、林檎ちゃんのために何かできることはないか、体内を泳ぎながら手がかりを探します。

何故、未だにこんな徒労かもしれないことをしているのかというと、この胸にはまだ一筋の希望の光が差しているからです。

伊草君が誰かと付き合っているとは聞いたものの、林檎ちゃんは、実際に本人からそれを告げられてはいない。あの待ち合わせは何かしらの理由があったからこそで、付き合っているというのは噂に過ぎないのかも。そうであったなら、失恋と早合点して落ち込むだなんて滑稽です。

私は、その可能性を信じていたのです。

浸水によって『かいそうさん』が壊れてしまったため、私たちは再び林檎ちゃんの学校生活を知る術を無くしてしまいました。不登校にこそなっていませんが、林檎ちゃんは、ずっとぼんやり過ごしているようです。そしてそのぼんやりは、恋をしていた時の、頭にソーダの霧がかかっていたような感覚とは違って、脳みそにねっとりとした重油が渦巻いているようなぼんやりでした。

そのぼんやりの最中でも、時おり林檎ちゃんが俊敏な動きを私たちに要求することがあります。それはおそらく、意図せず伊草君に接近した、もしくは伊草君が接近してきたタイミングでしょう。詳細を知る術はなくとも、大脳からしなぷすへと突然に発令される危険回避の行動指示から、林檎ちゃんが伊草君を避けているのは明白でした。

◇

眼球モニターには、林檎ちゃんの自室の天井が映っています。かれこれ三時間、ずっとこの映像です。土曜日の朝から林檎ちゃんはふて寝をしていました。

私は、すっかり泳ぎが上手になっていました。

ぷくぷく、ぷくぷく、調子よく泡を吐きながら、お立ち台周辺をうろうろして、沈黙を続ける大脳メインコンピュータの目覚めを待っています。拗ねてばかりいるのではなく、どんなことでもいいから何か行動を起こして欲しいと私は願っていました。

でも、大脳メインコンピュータはこの日もぎゅっと押し黙ったままでした。

最低限の生命維持こそままなってはいるものの、これでは「生きている」とは言えません。

このまま抜け殻状態が続けば、いつか肝魂(きもだま)が腐ってしまうでしょう。

手柄のないまま水面へ戻り、ボートへ上がりました。陰鬱署員たちは寂しそうに臓物ドンジャラを打つばかりで、こちらをチラリともしません。

私は溜息をつきました。

自分の鞄を探り、一枚の写真を取り出します。

それは先日、一時帰宅した際に届いていた実家からの写真です。シュノーケルを装着した腹巻の父と、シュノーケルを装着した割烹着の母と、シュノーケルを装着したパン一のあまどが、卓袱台を囲んでピースしています。その脇にぶくぶく浮いているピロリンもいます。『天井裏に空気だまりができてるから、全然問題ないわ。慣れれば水中生活も面白いもんじゃねえ。こちらは何も心配いらんからね』と、裏面に母の手紙。私の心の支えです。

これは後から判明したことなのですが、こんな具合で、実はこの浸水による犠牲しなぷすなどは全くいませんでした。皆、そこらへんに残っていた空気だまりを活用し、フヌケではありますがうまく順応して、だらだらと命を維持していたそうです。

私は写真を片手に、辺りを見回します。

点々と浮かぶボートの上には、頭から鮮やかな毒キノコを生やすシイタケの原木みたいな連中が転がるばかりで、今日も司令の姿はありません。

失恋を知り、司令は失踪しました。

室内が水浸しになったあの時、気付いたら司令はいなくなっていました。あるひとは「怖くなって逃げ出したんだ」と言い、あるひとは「発狂して死んだんだ」と言い、あるひとは「この局面の打開策を探し回っているんだ」と言いました。

その真実は、司令のみぞ知る。

本人は何を考えて、指揮を執らずにこの壊滅的状況をほっぽり出しているのか。

気になるところではありますが、皆、そんな司令を捜索する士気すら抱けないのでした。

◇

冬の街に雪が降り、寒さが一段と強まります。

日曜日の繁華街には、『恋人がサンタクロース』が響いていました。恰好ばかりの偽サンタが「ケーキの予約はお早めに！」と声を上げています。トナカイのカチューシャをつけた、仲の良さそうな家族とすれ違いました。街路樹は光を零す装飾を纏い、浮足立った寒風が人々の間を縫うように吹き、マフラーを垂らした恋人たちは「寒いね寒いね」と囁き合って身を寄せます。

街を行く林檎ちゃんは、恋人たちを見て白目になりました。

それから眼球モニターがぐにゃぐにゃになりました。涙が溜まって泣きそうになったのでした。

気晴らしだったはずのお散歩にやられた林檎ちゃんはしゅんと俯き、できるだけ周りの光景を見ないようにしながら、早々に帰路に就きました。その時の林檎ちゃんは、「これなら部屋に閉じこもって温かいココアでも飲みながら漫画を読んでいる方がよっぽど傷つかない」と考えていましたね。

潜水中だった私は眼球モニターの様子を見ながら、林檎ちゃんに同情しました。林檎ちゃんはコンビニに寄って、ホットココアとどら焼きを買いました。

そうして地面ばかり見つめてとぼとぼ帰っていると、自宅の前で「おっす、おっす」と声をかけられました。

頭を上げた先にいたのは、モコモコのダウンを着た百枝先輩です。

「様子を見に来たんだけど、なんだ、元気そうじゃん。すっかり落ち込んでヘドロみたいになってんのかと思ってたわ」

百枝先輩は陽気に笑いました。

すると林檎ちゃんはぷるぷると震えて、涙を堪えた代わりに鼻水を垂らしました。「あれれ！」と百枝先輩はびっくりし、林檎ちゃんの背を撫でながら一緒に家へ入ります。

ふたりは林檎ちゃんの部屋で、ココアを半分こして飲みました。

百枝先輩はクッションの上であぐらをかいて、ココアを一息に飲み干しました。それから机の上に出したどら焼きを一口齧って、

「それで、どう？　ちょっとは落ち着いた？」

林檎ちゃんは大きなほぺぴょんのぬいぐるみを抱きしめ、またぷるぷる震えました。

「ヤバイ、泣く！」と百枝先輩が慌てて、「それじゃほら、何か別の話しよう、別の話！」と取り繕います。

百枝先輩はそれから、なんたらとかいうロックバンドの新譜が良いだの、どこそことかいう会社の開発したバイクが速いだの、焼酎を水で割る奴はバカだの、様々な話題で林檎ちゃんを楽しませようとしました。でも林檎ちゃんは俯いて、相槌を打つばかりでした。そら趣味趣向が真逆なのですから当然です。

会話が退屈道を爆走していると気付いた百枝先輩は、なんとかしようとカーゴパンツのポッケから紙切れを取り出しました。

机の上に広げられたそれは、広告です。

装飾の施された大きなモミの木の背景に『クリスマスお楽しみ会開催』とあります。それは街の企画した催しでした。二十四日の夜に中央広場に集まって、皆でチキンやケーキを食べ、歌って踊って遊ぶそうです。

さえました。

「な、林檎。気晴らしにこれ行こうぜ。どうせ予定もな」と言いかけて、百枝先輩は泣きかけている林檎ちゃんに気付き、「ムグ」と口を押さえました。

気を取り直すように咳払いをして、

「これさ、あたしの調査によると、結構うちの学校の友達も行くみたいよ。ペンヤやんとすももっちも行くって」

百枝先輩は明るく、「な？　いつまでもウジウジしてないで、この日にパーッと遊んでさ、痛いことも辛いことも苦しいことも全部忘れちまおうぜ」と麻薬の売人みたいなことを言いました。

林檎ちゃんはチラシを見つめて、小さく頷きます。そうして「行くってなったら連絡する」と百枝先輩に伝えました。

百枝先輩は嬉しそうに微笑んで「そうかそうか。おっけ、おっけ」と、林檎ちゃんの頭をわしわしと撫でました。

私はぷくりと大きな泡を吐き、水面へ戻りました。

◇

私は司令室から遠出して、大脳図書館へ向かいました。

伊草文字洪水によって壊滅していた図書館。その復旧のただ中での失恋浸水で、図書館の全景は心霊スポットみたいな廃墟のようになっていました。

私は館内に浮いている空気だまりをうまく使って、適度に息継ぎしながら、伊草君に関する情報を集めました。一日仕事となってしまいましたが、そこそこ、林檎ちゃんが得ていた伊草知識を回収することができました。

以下、

・クラス委員で、学級で一番頭が良い。
・男女共に人望が篤い。
・帰宅部。
・家計を支えるため、街の西にある『かさぶらんか』という喫茶店で、午後十時までアルバイトをしている。

無益な情報を淘汰すると、こちらが伊草君について私の知れた大事なことです（これらの他に、古印体で「内田さんと付き合っているうううう」と書かれた蔵書を発見しましたが、無視しました）。

私は夜な夜な、ボートの上で伊草君情報を纏めました。熱心な私を見て、メガネ・ボーイが「奇特なひとだなあ」というような顔をしますが、気にしない。そうして私は、せっせと伊草論文を仕上げていきました。

自分は、まるで甲斐のないことをしているのかもしれません。

でも、林檎ちゃんのために、何かせずにはいられないのです。

ある日の夜、林檎ちゃんのスマホに一本の電話がありました。

いつも通り、お布団の中で孤独をこじらせてもぞもぞしていた林檎ちゃんは、発信者を見た瞬間、掛け布団をぶっ飛ばして飛び起きました。

『伊草君』

左胸がばっこんばっこん脈打ち始め、涙海（なみだうみ）の水面が忙しなく揺れました。

林檎ちゃんはしばらく、ヒィヒィ言いながらスマホをまるで熱々のおでんのように

ます。

お手玉しました。意を決し、通話のボタンを押そうとして、ぎゅうっと歯を食い縛り

ですが、あまりに遅かったのか、ベルの音は鳴り止んでしまいました。

林檎ちゃんは、しばし呆然としました。

それから、折り返しの電話を入れようか、小一時間ほど悩みました。そのうちに自室の扉がノックされ、「おうい、お風呂空いたぞう」と兄上様の声。林檎ちゃんは大きな溜息を吐いて、スマホを枕にポイと放りました。そうしてふらふら、お風呂へと向かってしまいました。

私はこの一連の様子を見ながら、引きつけを起こしていました。

「早く電話に出ろ！」「なんで出ないの！」「早く折り返し掛けろ！」「ああ結局風呂行くんかい！」……そうして眼球モニターを見つめながら、ひとり腕を振り回して白熱していたために、激情を察知した『きんこじゅちゃん』が反応してしまったわけです。

身動きが取れなくなり、お腹を上にしてプカーッと浮かんできた私を見て、ボート上の署員たちは笑いました。「あはは、見てホラ、死んだ金魚」「何やってんの、いろり君」「俺、どざえもん初めて見た」……ボート上に引きずり上げられた私は、噴水のようにぴゅうぴゅう水を吐きました。

お風呂を上がった林檎ちゃんが自室でシュガーレスのいちごキャンディを舐めている時、またもや伊草君から着信がありました。

林檎ちゃんは驚きに飛び上がり、思わずキャンディを飲み込んで喉に引っかけてしまいました。慌てて咽喉部の署員が口腔へ押し戻す作業を行います。林檎ちゃんは「げえっ」とキャンディを吐いて咽せました。

そうしているうちに、またまた伊草君からの電話は切れました。

またまた林檎ちゃんはスマホを見つめながら、折り返すか返さないか悩み始めてしまいました。結局またまた駄目で、林檎ちゃんは早々にお布団に入ってふて寝してしまいました。

私はまたまたいらいらしていました。

折り返せや！

この手記で散々述べているように、私は、気弱でなよなよした態度というものが苦手な、野風増（のふうぞ）的なところがあります。早い話、せっかちなのです。

でも、これで私の中で脈打つように輝いていた希望の光度が増しました。

伊草君から電話がある。

しかも、二度も。

非常に重要なことではありませんか。事務的な要件ならメッセージで伝えればいいのに、伊草君はわざわざ林檎ちゃんとの「会話」を所望したわけです。

興味のない相手に電話を掛ける男がいるでしょうか。

これは……！

私は、自分の考えを林檎ちゃんに伝えたくてもどかしくてなりませんでした。

この意見を聞いたら、林檎ちゃんもきっと思うところが変わってくるはず……。

歯痒さはまるで風船のように、私の堪忍袋を膨らませていきました。

そしてとうとう、「もう我慢ならん」という局面を迎えます。

その翌日の放課後、日直の仕事を終えた林檎ちゃんが校舎から出ると、正門の前に伊草君の背中がありました。隣にいたペンヤやんが「フフフ」と林檎ちゃんを小突き、風と共に去りぬ。そんな気を遣われてもどうしようもありません。

曇天を見上げ、林檎ちゃんは思案しました。南京櫨（なんきんはぜ）の骨ばった枝が揺れています。二羽のすずめが円を描くように飛んでいました。

林檎ちゃんは「うん」と頷き、鼻までマフラーに埋めて、できるだけ下を向き、気付かれないようにこそこそと正門を出ようとしました。

するとﾠ「あ、林檎さん」と、伊草君に一発で発見されました。林檎ちゃんは驚きに体中の毛を逆立てます。

「ちょっといい？　教室では話しかけるタイミングがなかったんだ」

言いながら、伊草君は近づいてきます。

林檎ちゃんは、小刻みに震えながら左胸を押さえました。全身の血流が加速し、肺胞部の現場作業員たちが大慌てでタモを入れて静脈から老廃物を取り除き、なんとか綺麗になった血液を再び動脈へと送ります。あんまり急いだものですから、熱くて白い息がまるでゴジラみたいに林檎ちゃんの口からボヘボヘと吐かれました。

「昨日は、何度も電話してごめんね」

林檎ちゃんは左右に首を振りました。伊草君の顔が見られません。

「これ」

伊草君は、何かを差し出しているようでした。

恐る恐る顔を上げて窺うと、伊草君の手のひらに、小さなウサギのぬいぐるみが乗っていました。ほぺぴょんです。

「昨日、バイトの帰りに見つけてさ。こないだ出た、ほぺぴょんの新作。林檎さんにあげるよ」

林檎ちゃんはびっくりしました。

「もしかしたらいらないかな？　と思って、電話したんだ。ありがた迷惑だったら申し訳ないし。でも、結局持ってきちゃった。同じほぺらーとして、よかったらあげる」

林檎ちゃんは、たまらなくなりました。

その生活の中で、彼はチラリとでも、一秒でも一瞬でも自分のことを考えてくれていたのです。

嬉しさに、弾けてしまいそうでした。

ゆっくり、ほぺぴょんに手を伸ばそうとしました。

その時、心臓に刺さっていた棘（とげ）が蠢いて、針先ほどの痛みを感じさせました。

喫茶店の前で待ち合わせをしていた伊草君と内田さんの、楽しそうな表情が思い起こされました。

痛くて、苦しくてなりませんでした。

林檎ちゃんは手を引っ込めて、消え入りそうな声で「いらない」と言いました。

伊草君が動揺する気配が伝わってきます。

しばらくの沈黙があり、「そっか」と、ほんの少しだけ苦々しい口気で伊草君は言って「それじゃ、また明日」と、帰路へ就きました。

その背が角を曲がった時、小雨が降り出しました。

林檎ちゃんは、雨に紛れてぼろぼろ泣いてしまいました。

勝手に出てくる涙が鬱陶しいようで、瞼をぺちぺち叩きながら家路を行きます。眼球からいくら涙を排水しても、細胞中から湧水のように染み出てくるのか、体内の浸水状況はまったく変わりません。涙海が大きく揺れて、私は「うわあ〜!」と叫びました。

そうしてうねる海流に翻弄されながらも、私はいらいらによって意識を爆散させていました。

何をしとんじゃあ!

受け取れや!

というこの気持ちを、どうにか林檎ちゃんに伝えたいのです。

とっとと突撃して、木端微塵に玉砕して吹っ切れ! なんて意地悪なことを思っているのではありません。

ただ、ただ一直線に——じれったくて、じれったくて、しょうがないのです。

気のない相手に贈り物をする者がどこにいるでしょうか。それすらわからない純粋無垢で無知な林檎ちゃんが、もう、あんまり可哀想で見ていられないのです。

「……」

涙海に揉まれながら、私はしばらく、ひとつのことを思案しました。

悪魔的な企みが生まれたのは、奔流に揉まれる中、司令室の右奥で沈黙する、鉄鋲の打たれた重々しい扉が目に入った時です。

あの扉の向こうには、ふたつの門。

そのふたつの門の最奥には、林檎ちゃんの自我——大脳メインコンピュータ、本体。

◇

冬は深まります。

林檎ちゃんは、ここまで頑張ってきた減量を止めてしまいました。けれど食欲はなく、体重は徐々に落ちていきました。ご家族の皆様は、ご飯を食べなくなった林檎ちゃんを心配しました。兄上様が何か言おうとして、その理由を察している母上様が首を横に振りました。

街の季節の彩りも、曇り硝子を通したかのように見えました。肌を刺す寒さにも、現実感がありません。「もやもや」「かなしみ」「やるせなし」というストレス界の三巨頭が林檎ちゃんを蝕んで、恋とはまた違う五感の鈍らせ方をしていました。

今となっては、体内にその鈍化を改善しようとする者はいません。最低限の行動を司る部署以外の署員は、自暴自棄に、無気力に、日々を空費するだけです。

――司令さえいれば。

司令さえいれば、何かが変わるのかもしれません。林檎ちゃんセクシー化計画の時のように、皆の士気を高めてくれるかも……。

私は、そう信じていました。

三日経てど、四日経てど、司令は戻りません。

彼は、どこにいるのでしょう。

……いや。

今の林檎ちゃんと、私は、同じ。

きっと、待っているばかりでは駄目なのです。

干上がったたくあんのような風体の男性署員は言いました。

「恋なんてのは、とても林檎ちゃんがしちゃいけない禁忌だったんだ。林檎ちゃんのへっぽこな性格で、異性と手が繋げるか？　仲睦まじく遊園地に出掛ける姿が思い描けない。キスなんてした日にゃ心臓麻痺で死ぬぞ。これはへっぽこが飲んではいけない毒なんだ。へっぽこには耐えられない、始まっても終わってもずっと苦しみ続けることになる、永遠に拭えぬ猛毒なんだ」

陰鬱をこじらせ、頭がキノコだらけになっている女性署員は言いました。

「結局、恋が素敵なものだなんてのは幻想なのよ。傷つくばっかりで、何もいいことないじゃない。なのにどうして、あんなに近づきたいと思ってしまうのかしら。もしかしたら、臭いものを何となくもう一度嗅ぎたくなっちゃうようなことと同じで、どこかその苦痛が気持ちよくて酔ってるのかもしれないわ。そう、マゾなのよ結局。恋は、恋に苦しむ輩は、どいつもこいつも総じてマゾ」

若白髪の青年署員は言いました。

「あのひとを想うと、僕はどうにも泣けてくる。好きなひとのことを考えるのは幸せというよりも、哀しみだ。あのひとは、どうしているだろうか。今、どこの誰と遊んでいるだろうか。風邪をひいてはいないか。たくさん食べているか。悩みはないか。今日も楽しかったか。ほら、こう思いながら僕は泣いている。何にも幸せなことはない。恋は哀しみの同義語だ」

浅黒くなっただいごろうさんは言いました。

「恋する自分に酔う自分を否定する自分に酔いだしたら、いよいよもってタチが悪い。そこの若白髪君はどうも自分が好きすぎる。恋は哀しみだと？　馬鹿な。恋は素晴らしい。心が洗われたように凛とする。恋は風だ。恋は花だ。恋は空で、恋は虹だ。いい部分に目を向けろよ。林檎ちゃんには楽観視が足りない。もっと明るく楽しく恋に向き合わねば」

ぶくぶくに太った男性署員は言いました。

「甘美な部分ばかり見ていたら、いつか恋に殺されてしまう。自我だけ食われて空っぽになってしまうんだよ。そうして自分を亡くした成れの果ては、ひどいぞ。寝ても覚めても相手のことばかりで、眠ってたって飛び起きる。あのひとが、自分ではない恋人と、楽しそうにご飯を食べている——そんな夢を見たことがあるか？　もうそっからは朝になるまで地獄だぞ。眠れないし、目を閉じれば泣いちゃうんだ。すると最終的にどうなると思う？　怨念の量産に入るのさ。好きなひとと一緒にいる相手が、不慮の事故で死ぬよう呪いをかけるんだ。ヒヒヒ」

パーマをあてた中年の女性署員は言いました。

「みっともない！　気持ちが悪い！　あんたはただの未練たらたらのストーカーよ！林檎ちゃんを一緒にするな、林檎ちゃんはそんな醜い思考は持ち合わせちゃいないわ！嫉妬よりも先に、きっと伊草君の幸せを願うわよ！　それも恋に破れた者の経験する成長よ！　林檎ちゃんが立派な人間になるのに必要なことなのよ！　ほら、やっぱり恋って素敵じゃない！」

◇

私はアルカリ土類警棒を携えて、シュノーケルを付けました。ショルダーバッグに水分と、ひとかけのカロリーメイト。それから伊草論文の紙束を詰めて、家族への書き置きを、ボートの目立つところに置きました。

気分を落ち着かせようと目を閉じると、何故か、満月から注ぐ光が思い起こされました。

それは林檎ちゃんがまだ恋に生き生きしていた時、ベランダから眺めたあの日の月の光です。眼下の住宅街のまばらな灯りは、まるで夜の海底に沈んだたくさんの夜光石のように見えました。一羽の大きな鳥がサッと目の前を横切って空へ昇りました。

一瞬でしたが、あの錆びた鉄のような羽。あれはきっと、渡りの最中（さなか）にある、夜鷹でした。

林檎ちゃんは、手を組んで目を閉じ、夜空を切る夜鷹に願いを込めました。

強い風に背を押され、ハッと顔を上げると、夜鷹は月の影に飲まれ、輝く銀盤を横切る真っ黒な紙飛行機みたいになっていました。

林檎ちゃんは、ベランダの桟に左手をついて、右手を大きく振りました。何も言わず、パジャマの裾が足らずおへそが出るくらいに背伸びをして、夜鷹が月を越えるまで、そうして手を振りました。

私は目を開けました。

右の手のひらを見つめます。

——一発。

一発、ビンタでもすれば、林檎ちゃんもきっと生気を取り戻してくれるはず。

決意と拳を固めます。

署員たちを起こさないよう、静かに水面に足を付け、涙海へ。

◇

時刻は、午後九時半頃だったでしょうか。

林檎ちゃんが早々に床に入ってふて寝をしている時分、私はゆっくりと潜水して、大脳メインコンピュータへと続く扉の前にやって来ました。

アルカリ土類警棒を構える手が、わずかに震えます。

これを行うのは、犯罪です。きっとこれから執る私の行動が公になれば、白血球部署にいられないどころか、あばら骨監獄で鉄格子と頬ずりしながら若さを棒に振ることになるでしょう。

でも。

でも、林檎ちゃんのためなら、この身、この人生など、少しも惜しくない。

家族も、きっとわかってくれます。

これは、私がやらねばならないことなのです。

私は大きな泡を吐いてから、『きんこじゅちゃん』が反応してしまわないよう、泰然として木製の錠前を殴りつけました。

がんがんがんがん、まるで貝を叩くラッコみたいにやっていると、そのうち錠が壊れ、ごっとんと床に落ちました。

私は、ゆっくりと扉を押し開きました。

すると奇妙なことに、司令室に満ちていた涙海がひとつも流れ込みません。

扉の先にある、二畳ほどの空間へ足を踏み入れました。息ができます。まるで司令室とここが水を通さないフィルターで遮られているようです。

それに、この空間に入った途端、体がスウッと乾いていきました。

私は緊張しました。

「ここでは何が起こっても不思議ではない」と、改めて覚悟を決めます。

目の前には、ファンシーな鋼の門がありました。外額縁に、可愛らしいウサギさんやらクマさんやら、森の動物たちが食物連鎖はどうしたというふうに手を取り合って踊っている彫刻が施されています。

ポップな装いですが、光沢を放つ鋼の威圧感はまるで地獄の門のようで、私はたじろぎました。てんとう虫の形のドアノブに、これまた鋼の南京錠が掛かっています。

目を閉じ、心の中で家族への別れを告げました。

南京錠を殴りつけ、開いた扉をゆっくりと押し開けます。

その瞬間、私は、自分が自分でなくなるような気持ちがしました。

◇

気が付けば、私は知らない田舎道に立っていました。

地平線の彼方まで続いている、定規で引いたような一本道です。道なりに、牧場風の低い柵が立っています。右手には真っ青な空と低い位置で輝く太陽、そして色とりどりの花畑が広がっていますが、一方の左手には三日月の浮かぶ暗い空があり、黄金の薄野(すすきの)が風に揺られてさやさやと揺れていました。

一本道を境にして、右に朝、左に夜の景色があったのです。

私はぽかんとしました。

振り返ると、潜ってきたはずの扉がありません。前方と同様、真っ直ぐな道が伸びているだけです。

「ようこそ」

背後で、穏やかな低い声がしました。

前に向き直ると、少し先に、旧制高校のマントを羽織った中年の男性が立っていました。

男性はゆっくりと近づいてきて「君がいろり君か」と言いました。彼は彫りの深い顔立ちで、弓のようなカイゼル髭をたくわえていました。渋いおじさんです。私よりも頭ふたつくらい背が高く、湖の底で眠る龍のような、優しい中に芯のある雰囲気を持っていました。

「どなたですか？」

私は尋ねました。

「私は、はやたという」

はやた。

どこかで聞き覚えのある名前だと思って、すぐに衝撃が走ります。

——先代の、司令の名。

……そうだ。

このひとは、実家の神棚にあるあの写真のひと、そのものではありませんか……！

「先代さん……？」

恐る恐る尋ねると、はやたさんは笑いました。

「そうか。今は先代と呼ばれているんだよな、私は」

その一言には、何がなしに、スッと腑に落ちる説得力がありました。このひとは本物だ。もうこれ以上の詮索は野暮だ、と、私は直感的に思いました。

「来たまえ」

先代は、一本道を歩き始めました。慌てて私も後を追います。

一点の雲もない青空と、無数の星が瞬く夜空。左右に視線を転じながら進んでいると、まるで魔法にかけられたような気持ちがします。私はそうしてしばらく、朝でも夜でもない、世界から少し外れた時間を歩きました。

「あのう」

無言で先を行く先代に、私は問いかけます。

「ここは、どういうところなのでしょうか……？」

先代は、振り返ることなく答えます。

「ここは、思い出の樵路(しょうろ)だよ」

先代がそう呟いた瞬間、ふいに右手の花畑が、嵐の海のように波立ちました。

大風が襲い、私は思わず目を閉じて、額に手の甲を当てます。ざあざあという葉の擦れる音と共に、ぎしぎしと柵が軋みました。先代のマントが大きくはためきます。耐えること十数秒、風はようやく遠ざかっていきました。

目を開けてみると、青空一面に、ある光景が浮かび上がっていました。

ひとりの男性が、涙を浮かべて破顔しながらこちらを見つめている様子です。突然、赤ん坊の泣き声が聞こえ、男性の顔が「おうおうよちよち」という声と一緒に、上下にゆらゆら揺れます。それからこちらに向かって口づけをして、顔をとろけさせたまま「可愛いね、可愛いね」と呟いて、男性はとうとう笑ったまま泣いてしまいました。

「何を泣いてるのよ」と、どこからか、呆れたような女性の声。

それは、赤ん坊の頃の林檎ちゃんの記憶。

青空のスクリーンに映された、林檎ちゃんを抱く父上様の姿です。

柵に手を掛けて空の銀幕を眺めていると、今度は背後がざわめきました。

月と星の消えた夜空に浮かんでいたのは、ボロっちい赤子用ベッドで眠る、赤ん坊の私の姿です。現在より幾分も若い父と母が、「いろり」と声をかけ、私を覗き込んで微笑んでいます。母が私の頬をつつくと、私はキャッキャと笑いました。父と母は顔を見合わせ、また「ふふふ」と笑います。

「この道を真っ直ぐ行けば、金の門がある。ついてきたまえ」

先代は歩いていきます。

私も後に続きます。

「三歳」と、先代が呟きました。

青空のスクリーンに、ぽてぽて歩きの目線が映りました。居間のソファで御裁縫をする母上様の周りを、こどもの林檎ちゃんがうろうろしている光景です。

母上様は裁縫道具を高い所に乗せ、お手洗いに立ちました。その間に林檎ちゃんは台所へ行ってお酢の瓶を持ち、居間に戻ります。そしてミシンにお酢をどぼどぼかけました。ちょうど戻ってきた母上様が「キャーッ！」と言いました。「なんて訳のわからないいたずらをするの、この子は！」

夜空のスクリーンに、同じく、こどもの私が浮かびました。

私は居間の畳にぺたんと腰を下ろし、頭を左右に揺らしながら、怪しい動きをしています。子守をしていた父が席を外した途端、物凄い勢いで、私は畳をほじくり返しました。父が戻ってくると見るやほじくり跡をおしりで隠し、父がいなくなるとまたほじくります。とうとうイグサの残骸に気付いた父が私を持ち上げて「げえっ！」と言いました。「畳、ほじくってやがる！　何がおもしろいんだ、いろり！」。

先代は歩いていきます。

私も後に続きます。

「六歳」と、先代が呟きました。

幼稚園の昼休み、ご同輩と鬼ごっこをする林檎ちゃんの姿が浮かびました。教室と庭とを繋ぐ低い階段を行ったり来たり、あらゆるスペースを一生懸命逃げますが、先天性鈍足のためにしょっちゅう鬼になってしまいます。追いかけども追いかけどもご同輩は捕まらず、とうとう泣けてきた林檎ちゃんは、階段に足をとられて顔面から転びました。パカッとなった顎から噴水のように血が出て、林檎ちゃんは気絶しました。

すぐに迎えに来た母上様が、林檎ちゃんを抱いて病院へ直行します。林檎ちゃんは顎を三針も縫いました。手術を終えた帰路、助手席でぐしゅぐしゅ言っていると、母上様が、「頑張ったね、林檎。今日は特別に、『ちゃお』を買ってあげましょう」と言いました。林檎ちゃんはたちまち笑顔になりました。

小さな白黒テレビの前で、魂を抜かれたように座る私。テレビに映っているのは「臓物戦隊ケッカンジャー」が、悪大菌をボコボコにしている様です。「正義とウコンは必ず勝つ！」という決め台詞を、私はまるで魔法の呪文のように覚えました。プロペラみたいに腕を振り回し、何かないかと家の外に飛び出して、運よく幼馴染の悪ガキたちを発見しました。

ふんふんと激しく鼻息を噴く私におののく悪ガキたちに、問答無用で体当たりし、馬乗りになって揺さぶりました。「正義とウコンは必ず勝つ！」と叫びます。何も悪事を働いていないのにこのような仕打ちを受けた悪ガキたちは、泣きながら路地を走っていきました。夕暮れを背負いつつ満足げに頷いていると、父に拳骨を落とされました。

朝と夜の空に映る思い出は続きます。

先代は歩いていきます。

私も後に続きます。

十歳。

帰りの会になっても、林檎ちゃんのクラスで委員長に立候補する猛者は現れませんでした。そんな「責任」だなんてわけのわからないものをはらんだ役職には絶対に就きたくないと、林檎ちゃんはドキドキしていました。

いつまで経っても出ない結論に、とうとう業を煮やし尽くした先生は、席に着く皆を一瞥し、人類史上最大のお茶濁し「ジャンケン大会」の開催を宣言しました。

気の弱さのせいか、林檎ちゃんは連敗を重ね、そしてとうとう女子のクラス委員長として選出されてしまいました。自分のようなとんちんかんがクラス委員を務めあげるには、それ相応のとてつもない努力が必要になる……林檎ちゃんは決心して、それからの日々、誰よりも早く登校して教室の掃除を行い、率先して先生のお手伝いをしました。学級会などを控えた前日には、遅くまで司会を行うイメージトレーニングをしました。

そうして無事、一学期という任期を果たした林檎ちゃんは、ご同輩に感謝の色紙を渡されました。

「林檎さんが委員長でよかった」

「林檎さんはすごいと思います」

「ありがとう、林檎さん」

その日、林檎ちゃんは色紙を抱いて眠りました。寝顔を見に来た父上様と母上様が、むにゃむにゃと微笑む林檎ちゃんの頭を撫でました。

一方、夜の空。

私は、自分の身なりが皆と少し違うと気付き始めていました。クラスの友人たちは毎日違う服を召して登校してきますが、私は胸に大きく赤文字で「い」と入った、母の手編みの緑のセーターばかり着ていました。肩の所に穴があいていて、裾はほつれています。

ある時、私は隣の席の子に「いろり、いつもそれ着てるけど、お気に入りなの？」

考えは存在しません。

だって、家にはこれしかないのです。選択の余地もないのに「お気に入り」だなんて考えは存在しません。

私はとても困って、そして悲しくなって、家に帰るとすぐに、台所に立つ母に「他の服が欲しい」と言いました。

「こんなボロボロのじゃなくて、新しくて、可愛いのが欲しい」

すると母は「再来月、ボーナスが出たら買ってあげられそうだから、それまで我慢してね」と言って、私を抱きしめました。母が着ているセーターには、私のセーターとは比べものにならないくらい、たくさんの穴があいていました。私は何も言えなくなり、母の背に手を回しました。

十二歳。

修学旅行であの有名な夢の国を訪れた林檎ちゃんは、その魅惑の世界と洪水のような人の群れにすっかり酔って具合を悪くしました。けれども同じ班のご同輩に「気分が悪いから少し休みたい」と言えるはずもありません。自分が休んでしまう分、ご同輩の大切な時間が無駄になるのです。

林檎ちゃんはふうふう息を吐きながら、ご同輩についていきました。しかしいよいよ我慢できず、少しの間だけとこっそりベンチに座ってうなだれました。そして次に顔を上げた時、ご同輩の姿は人波に飲まれてどこにも見当たりませんでした。

林檎ちゃんはぽつんとひとりで座ったまま、不安で仕方なくなりました。陽が落ちてきて、お化けのような影が伸びてきます。林檎ちゃんは寂しくて、怖くて、勝手に震える足を叩きました。

夜の空には、十四歳の私がいました。

空手部の活動が長引き、学校を出る頃には夕焼けと宵闇が絵の具のように溶け合っていました。なけなしのお小遣いで買った糖判焼きを齧りながら帰路を辿っていると、工場から出てくる父を見つけました。

私が笑顔で「お父さん」と声をかけようとした時、父の背中に空き缶が飛んできました。

「左足薬指野郎が、ろくに仕事もできねえくせにきっちり給料だけは持っていきやがる」

誰かの声。

「ああ、どうして俺たちはこんな辺境に異動させられちまったんだ。頚部室が懐かしい」

今度は父の頭に、丸めた軍手や弁当ガラや煙草の箱が投げられました。

父は何も言わずに、足元に転がる空き缶を拾い上げ、ジッと見つめました。鉄分の煤（すす）に塗れた顔には、何本もの筋が入っていました。流れた汗の跡です。青いツナギには塩が吹いて、小麦粉をまぶしたようになっていました。

父は空き缶を近くの老廃物箱へ捨て、とぼとぼと歩き始めました。

私は少し離れて、父の帰宅した数十分後に、何事もなかったように努めて明るく玄関を潜りました。

居間に入ると、卓袱台の前で新聞を広げる父が「おかえり。遅くまで頑張ってるな」と言って微笑みました。

私は生返事をして居間を出て、お手洗いの中で鞄に顔を押し付けて泣きました。

「ほら、先を見たまえ」

先代が、肩越しに振り返って言います。

「あの輝きがわかるかね。ふたつ目の門だよ」

そして次の瞬間、頭上から風の塊が落ちてきました。

這いつくばって見上げると、まるで波と波がぶつかり合うかのように、青空と夜空が一本道の真上でどうどうと混ざり合っていました。その空は、次第に大きなアメーバが広がっていくみたいにして、新しい色に塗り替えられていきます。

天頂に、十六歳の林檎ちゃんと、二十歳の私が。

――現在の、両者の姿が浮かびました。

その光景は、学校からの帰り道。

林檎ちゃんの左膝には、大きな絆創膏が貼られています。

これはおそらく、体育の授業で林檎ちゃんが転んだ、あの日の夕方の回想です。

土手を行く林檎ちゃんの両頬は、名前の由来となった通りに、熟れたリンゴのようになっていました。目もどこか虚ろで、足取りも覚束ない。

その時の私は、林檎ちゃんの心配をしつつ、転倒によって散らかった司令室の掃除をしていました。眼球モニターを気にしながら、またぼんやりして転ぶことはないかとハラハラしてたまりませんでした。

ふと鳴き声が聞こえたので何かと見れば、三羽の鴨が林檎ちゃんの目の前を横切って飛んでいくところでした。下校中の学童たちが「鴨、かわいい!」と指差します。

遠くの橋の上を行き交う車が見えます。

その向こうには街があって、更にその向こうには、杏餡のような落陽がありました。

落陽は、風景を橙色に染め抜いて甘く燃やしています。眼球までもが橙色になったようでした。火の粉みたいなものが散っていると思ったら、山に帰るカラスの群れの羽ばたきです。たくさんの影法師が、落陽に吸い込まれるのを拒むように地面に這いつくばっています。

林檎ちゃんは、我を忘れて立ち尽くしました。

回想の中の私も、夕陽を映す眼球モニターの前に立ち尽くしました。

林檎ちゃんが「綺麗」と呟くのと寸分の違いもなく、同時に私も「綺麗」と呟いていました。

この世のものとは思えないほど、美しい陽。

人生でたった一度しか見ることのできない、初恋を自覚した日の夕焼けです。

林檎ちゃんは、眉を吊り上げて笑いました。無性に楽しくなって『三百六十五歩のマーチ』の鼻歌を唄い、腕を振り、軽い足取りで落陽に向かって歩きました。私も楽しくて、同じように鼻歌を唄い、足踏みしながら腕を振ります。

林檎ちゃんと私は影を引きずりながら、ずっと歌って帰路を行きました。

ああ。

今、私は、林檎ちゃんと手を繋いでいる。

当時の私は、そう思いました。

◇

その思い出が終わる頃には、右方も左方も関係なく、一帯に夕焼け空が満ちていました。

「人間の体内には、ありとあらゆる温もりと悲しみの歴史が堆積している。それは、本人と、その中に息づく、または息づいていたしなぷすたちの歴史の道だ。君は今、そこを歩いてきたんだよ」

先代は、優しい目をして私を見つめます。

その背後には、鈍く光る次の門。

「権利を持たぬ、一介のしなぷすに過ぎない君が林檎ちゃんの自我に干渉したのなら、君は、今見てきた自分の思い出を失う。君は君でなくなる。林檎ちゃんの自我に取り込まれてしまうのだからね」

先代は言いました。

「人生を振り返って、自分が惜しくなったかね？」

「いいえ」

私はすぐに答えました。

「どうして？」

「うーん。どうしてって言われても、ならないから」

「両親が自分に注いでくれた愛を見たかね？」

「見ました」

「家族のためにも生きようと思わんかね」

「だからこそ。林檎ちゃんだって家族です」

「思い出を無くしてもいいのかね」

「思い出は無くなりません。私の思い出は林檎ちゃんの思い出ではありませんが、林檎ちゃんの思い出は私の思い出です」

するとと先代はプッと噴き出し、

「なんだ、あいつと同じことを言うじゃないか」

そうして、ワッハッハと大笑いしました。

果たしてそれは、彼の望んでいた回答だったのでしょうか。先代は、次の門を押し開き、「進みたまえ」と言いました。

私は門前に立ち、先代にお辞儀をしました。

先代は、髭の先を捩じりながら微笑みます。

「愚息を頼む。私はこの場所から、いつでも君たちを見守っているからね」

私は最後に、ここまで辿ってきた一本道を――林檎ちゃんと自分の生きた轍(わだち)を見遣りました。

「さようなら」

私は身を翻し、門の先、光の洪水の中へ飛び込みました。

◇

門が閉まると共に、バーナーを炊いているような騒々しい音が耳をつきました。その音の正体は、風。気を抜けば足元がよろけてしまうほどの風が吹き荒んでいます。

眩しい光に慣れてきた目を開け、辺りを確認します。

私は、四畳半ほどの円形の足場に立っていました。前方に、一本の吊り橋が架かっています。周囲には、花畑も薄の野もありません。

あるのは、空。

足場と吊り橋以外は、広大な青空が広がるばかりです。

私は恐る恐る、足場から下を窺ってみました。深い海のように底が見えません。雲が、白い魚影みたいに流れていました。

そこは、まさしく天空でした。

暴れる髪を押さえながら、揺れる吊り橋の先に目を凝らすと、私が立っているのと同じような丸い足場の上に、黒いひと影がありました。

そのひと影の背後には、次の門。

私は深呼吸し、手すりを摑んで吊り橋に一歩を踏み出しました。

床板は薄い硝子のようで、下が透けて見えます。割れたらどうしましょう。落下した自分が地面に激突し大輪の花を咲かせる想像にゾ～ッとしながら、ゆっくり、確実に、進んでいきました。

私が行くにつれて、周囲の青空に、どおん、どおんと花火が上がりました。色とりどりの紙吹雪が舞い、紅白の煙玉が尾を引きます。まんが日本昔ばなしの龍がうねり、無数の熟れたリンゴが降り、桜の花びらが春の終わりのように乱れ飛びました。

吊り橋の先のひと影が、輪郭を増してきます。

そこにいるのは、予想通りの相手です。蝙蝠（こうもり）の羽ばたきのようなマントのはためく音が聞こえてきます。

私はとうとう、吊り橋を渡り切りました。

無言で相手と対峙する、長い時間が流れました。

「来てしまったか」

やがて、もろぼし司令は言いました。

司令は失踪する以前とは比べ物にならないほど痩せており、顎には無精ひげが散っていました。墨を塗ったような隈があり、目つきは獣みたいに鋭く、瞳には粘り気のある赤い焔が揺らいでいます。

「今まで、どこにいたんですか？」

私は尋ねずにいられません。

「あなたがいないから、皆、腐ってしまいましたよ。何をしていたんですか？」

「ここで林檎ちゃんを励ましていた」

「ここはまだ最奥ではないでしょう？」

「最奥には入れない。だからここから林檎ちゃんに語り掛けていた」

私はムッとしました。

「壁一枚隔てたところからの励ましなんて」

司令は遠い目をして空を見上げ、息を吐きました。

そして、腰に吊ったホルスターから静かに乳酸拳銃を抜き、私の左脚を撃ちました。たちまち疲労が爆発してうずくまる私を見下ろし、司令は「ぺ」と咥えていたびいどろを吐いて捨てました。今度は私の頭に銃口を向けます。

「ここは何者も通さん」

私は司令を睨みつけました。

司令は冷たい表情のまま、微動だにしません。

「この先に干渉すれば、林檎ちゃんの自我に傷がつく。——いつかも言っただろう。自我とは、思考であり、意思であり、命の深淵であり、林檎ちゃん『そのもの』。林檎ちゃんを林檎ちゃんたらしめている、林檎ちゃんという人間の『核』だ」

「……」

「その核に傷がつけば、林檎ちゃんは林檎ちゃんでなくなる。知性を持った生物としての思考と意思を失い、もはや人間でなくなる。人間でなくなれば、我々がいる意味もなくなる。林檎ちゃんに健康で文化的な最低限度の生活を送らせるという、我々の存在理由が消失するのだ」

「……ほら、卑怯者」

私は吐き捨てるように言いました。

「やっぱりあなたは、自分が傷つくのが怖いだけ。林檎ちゃんが元気になってくれるなら……その可能性が少しでもあるのなら、私たちのことなんて、どうなったっていいじゃないですか。なにが我々の存在理由だ。そんなものは林檎ちゃんの笑顔に比べたら、原子以上にちっぽけだ」

「俺は司令だ。林檎ちゃんを第一に想いながら、しかし林檎ちゃんの中にいる全しなぷすの安泰も想わねばならないのだ」

司令は冷笑して続けます。

「林檎ちゃんの人生で、これが最後の失恋であると誰が言える？　林檎ちゃんはきっとまた、誰かに恋をし、破れたりする。君はその度に、林檎ちゃんの自我にずけずけと入っていくつもりか？　林檎ちゃんを、我々を、途方もない危険にさらすつもりか？」

その言葉は、私に、ずん、と突き刺さりました。

哀しみと怒りと痛みで、胸が張り裂けそうでした。

「……どうして、そんな考え方が……林檎ちゃんの未来に悲しいことがあるだなんて考え方ができるの？　そんな未来を林檎ちゃんに迎えさせないために、私たちがいるんじゃないの？」

「無論そうだ。が、我々の力だけではどうにもならないことだってある。——林檎ちゃんには、悲しみに慣れてもらうしかない。これは、林檎ちゃんが人間的に成長するためにも経なければならない、避けられないステップなのだ」

「——あなたは骨の髄までヘタレだ。体裁だけの指揮官を繕うばかり！」

私は無我夢中で、身を起こそうともがきました。

「何を憧れているのか知らないけれど、あなたは絶対に、先代みたいに立派な統治者にはなれない！」

司令の表情に、わずかに亀裂が走ります。

「だって。あなたは結局、林檎ちゃんのことを想っているフリをしているだけじゃない！」

司令は私の顎を蹴り上げました。

たまらず顎を押さえる、と見せかけて、私は左手で音もなく腰のアルカリ土類警棒を抜きました。

　気付いた司令が引き金に指を掛けるより早く、私は警棒で乳酸拳銃を打ち付けました。ガランと落ちた銃が、足場を滑って落ちていきます。

　それから私は左脚を引きずりながら体当たりしようとして、鋭い拳を入れられました。腹部に重い痛みが沈んでいました。

「もろぼしの右の味はどうだ？」

　息を整える司令の帽子が飛ばされ、彼方に消えていきます。ボサボサに伸びた髪が露わになりました。

「左足の薬指の田吾作風情が、偉そうに。俺が、俺が、父上のようにはなれないだと。林檎ちゃんのことを想っているフリをしているだけだと？　……ふざけるな！」

　そして司令は、感情を爆発させるように——自分に言い聞かせるように、咆哮に似た叫びを上げました。

「この全しなぷすの中で、俺が一番、林檎ちゃんが好きなんだ！　一介の下流しなぷすが、俺に盾突くんじゃない！　俺は、司令だぞ！　俺こそが一番、林檎ちゃんを想っているんだ！　俺こそが林檎ちゃんの一番の理解者だ！　一番の守護者だ！　その俺が林檎ちゃんのためにもここを通さんと言っているのだ！　ひとかけらでも林檎ちゃんを傷つける者は許さない！　貴様は殺してでもここで止める！」

◇

司令の叫びが私に火を点け、地を蹴らせていました。

司令がマントを翻して殴りかかってくるのを見据えて、私も渾身の力を込めた拳を振り構えます。左頬に重い衝撃があるのと同時に、右手が司令の鼻柱を殴った感触がありました。お互いが引き連れた闘志がぶつかって、空気が振動します。殴り合った姿勢のまま、ドロリとしたものが鼻から流れるのを私は感じました。司令は組織液反吐と、折れた歯を吐き出します。

「来い！」

鼻と口からだらだらと組織液を滴らせる司令が、胸を叩きました。

「貴様と俺、どちらの方が林檎ちゃんを大切に想っているのか、勝負だ！」

それから私たちは、泥臭い殴り合いを繰り広げました。司令は私が女であるなど一切関係のない本気の拳を打ち、私は相手が最高権力者であるなど知ったことかと奮闘しました。

殴られすぎるとまるでお酒が入ったみたいに酔って、痛みを感じなくなります。

狭い視界を直そうと腫れた瞼を爪で裂いて血抜きをして、私はその様子を窺っている司令の体が小刻みに震えているとようやく察しました。そしてそれは痛みによるものではないと、瞬間的に理解できたのです。

途方もなくいらいらしました。

私はアルカリ土類警棒を司令に投げつけました。司令はそれを額に受け、しかし倒れません。クワガタのように腕を広げたまま一直線に私に向かってきます。避けようとして、撃たれた左脚が痙攣しました。かろうじて左腕を伸ばします。

図らずして、私の親指が、司令の左目に突き刺さりました。

司令は一向に怯まず、私を抱きしめ、思い切り放り投げました。視界が逆転します。無我夢中で伸ばした右手が、紙一重で足場の縁を掴みました。

両脚が空中に投げ出され、全身を重力が襲います。

私はとうとう悲鳴を上げました。

左目から滝のように組織液を流す司令が、私を見下ろしました。

「ここまでだ！」

司令は、私の手を踏みます。その足は笑えるほどに震えていました。

「譲れない！　俺は、譲れない！」

司令の足に、徐々に力がこもっていきます。

「俺は、君を……君を、どこかで、心のどこかで、気に入っていた！　左足薬指の、下賤(げせん)の出の、俺とはまるで住む世界が違う君のことを、気に入っていたんだ！ 残念だ！ 残念だ！」

私はもう、悔しくてなりません。

結局、林檎ちゃんのために自分は何もできないのだとか、己の非力さが情けなく、覚悟ばかり先立って何ら成せないしなぷすであるとか、ここまでの道のりが惜しいだとか――。

そういう悔しさではありません。

司令が、こんなにも格好良い。

それが悔しくて、唇を噛むのです。

私は司令がこれほどの男であると、今の今まで知りませんでした。どうして平素からその胆力を持てないのか。それが悔しく、憎たらしく、また、彼を腹の底では救いようのない奴と蔑んでいた自分が恥ずかしく、自分だって差別の意識を持っていたではないかと、愕然としていました。

司令は、ヘタレではありません。

司令は、格好良い男です。

私の手を踏む司令は、「くそ！」と言いました。そしてがたがたと震える足を叩きつけ、「くそ、くそ！」と言って、また私の手を踏んで、ぐっと力をこめて、「くそ、くそ、くそ！」と、少年のような声で叫びました。

「俺も、父上のように、父上のように！」

そして私の手を掴み、一気に私を引き上げて腰を抜かし、もはや声にならない声で彼は罵声を吐きました。

私は司令に馬乗りになり、その顔面を殴りました。

『きんこじゅちゃん』は反応しません。

司令は抵抗せずに、何かを叫び続けます。彼は目から鼻から口からぶうぶう組織液を噴きながら、でも涙は流さずにいました。懐から薄荷精油の香水瓶が零れ、パリンと割れて彼の匂いを撒き散らしました。

私の息切れした間隙に彼は叫びます。

「やってみろ！」

私はそれを聞くと、またたまらなくなって、強烈な薄荷の匂いをまとう彼を殴りつけました。しかし司令は、私の突かれたくない隙を狙い澄まして言うのです。

「俺は、林檎ちゃんのためなら、この命など微塵も惜しくない！」

私は彼を殴りながら、この殴り合いにおける自身の負けを理解していました。

それでも彼が忌々しく、そして自分が情けなく、彼が愛しくて、殴るしかないのでした。

そうして無意識に私は叫ぶのです。

「私の方が、私の方が、林檎ちゃんを愛している、私の方が愛してる！」

すると、彼も鬼の形相で叫びます。

「俺の方が愛している、俺の方が林檎ちゃんを愛してる！」

「私の方が愛してる！」

「俺の方が愛してる！」

「私の方が愛してる！」

「俺の方が愛してる！」

私の方が、

俺の方が、

愛してる。

愛してる。

彼の右目。

どこまでも澄んだ右目。

「うわあああ、なんだよ、ちくしょう、ちくしょうーっ！」

ぼこぼこ殴って、とうとう彼の顔が潰されたトマトのようになって、私は彼の上から退きました。

「私の方が愛してるんだ、私の方が、林檎ちゃんを愛してるんだ。どうしてわかってくれないの、ちくしょう、どうして信じてくれないの。私の方が林檎ちゃんのことを、愛してる。愛してる。愛する人がこれほど傷ついているのを見て、元気づけてあげなきゃと思うのが、どうしてこんなに難しいことなの」

私は顔を覆って泣きました。

すると彼は大声で言います。

「俺は泣かない！」

大の字になって動かないまま、彼は続けます。

「どうしてもここを通りたいのか！」

「私の方が、愛してる！」

「どうしてもか！」

「ううう！」

「林檎ちゃんをいじめないと誓うか！」

「当たり前だああ」

「命を懸けて、誓うか……！」

「誓うう」

「……もし、君が林檎ちゃんに何らかの悪影響をもたらしたなら、俺は今度こそ君を殺す。それでも、誓うか……」

「誓ううう～！」

「……」

ゴオゴオという風の音が増しました。

私は流れる涙と鼻水を拭い、乱れた髪を撫でつけました。左足を引きずりながら、門に手を掛けます。司令はもう、何も言いません。

門を開くと、暗く、細い通路があって、その先に下へ続く階段がありました。

「いろり君」

倒れたままで、司令がぽつりと言いました。

「林檎ちゃんに会ったなら、伝えてくれ。大好きだよと」

私は振り向かずに「自分で言え」と呟きました。

◇

先から漏れる灯りを頼って、私は階段を下りました。

音も風も匂いもなく、先ほどの天空との大きな差異に耳鳴りがしました。進んでいくにつれ、明るさが増します。どうやらこの階段は脳を出て、どこか違う器官に繋がっているようでした。

辿り着いた先には、また、扉がありました。温かい造りの、小さく、簡素な扉です。その左右にはリンゴの形の照明が置かれていて、柔らかな光をぽうぽうとさせています。

ドアノブを握ってゆっくりと開く時、扉上部に貼られた部屋名を示すプレートが蛍のように発光しました。

プレートには『こころ』と書いてありました。

◇

そこは、六畳ほどの部屋でした。照明が明るい光を落としています。壁紙は落ち着いた薄桃色で、角の丸い可愛らしい箪笥や本棚が並んでいます。クマやほぺぴょんやシロイルカなど、動物たちのぬいぐるみが置かれたベッドがあって、その向かいにはテレビがありましたが、何も映ってはいません。中央にコタツがありました。これも柔らかな薄桃色です。よくあるような若い女の子の部屋でしたが、南側の壁全体が、大きなカーテンで覆われているという部分だけは奇妙でした。

私は立ち尽くしました。

誰もいない。

どうしようか思案していると、ふいに、コタツ布団がもぞもぞと動いた気がしました。

ジッと見つめていると、まるで亀のように、にゅ、と女の子が顔を出しました。

「だあれ？」

それは——林檎ちゃん、本人です。

林檎ちゃんは泣いていたみたいで、頬を真っ赤にして、目をしょぼしょぼさせています。

「どなた？」

林檎ちゃんは、私を見上げて言いました。

私は、へたり込みました。

波が引いていくみたいに、体の力が全て抜けました。

ずっと一緒にいたはずなのに、生まれて初めて、林檎ちゃんに会った瞬間でした。

自分の左胸が押し潰されるような気がしました。「はあっ」と、自然に熱い息が漏れました。

一悶着を経たとわかる滅茶苦茶な私の顔面を見て、林檎ちゃんは「！」というような表情でコタツ布団を被って恐る恐る私を窺います。

私は感情を抑えることだけに意識を傾けて、心を鬼に、立ち上がりました。

「林檎ちゃん。伊草君に想いを伝えようよ」

私の提案に、林檎ちゃんはびっくりして「いや」と言い、にゅ、と再びコタツに潜りました。

私はコタツの上に立って、ドンドンと足踏みしました。

「ひゃあぁ」と林檎ちゃんの悲鳴が足元から聞こえます。

「やめ、やめて」

たまらず林檎ちゃんはコタツから出てきて、座布団に正座します。パジャマ姿でした。

私もコタツの上に正座して、林檎ちゃんに向き合います。

「林檎ちゃん、いつまで腐っているつもりなの？　ずっとぶーたれてたって、何も進んでいかないよ？」

「だって。……伊草君はもう、内田さんと付き合ってるんだもん」

そして拳をぎゅっと握り、林檎ちゃんはしくしく泣くのでした。「付き合ってるんだもんんんん」

「まだわかんないじゃん。実際に本人の口から聞いたでもないし」

「どうせ駄目だもんんん」

ここで私は、手のひらを振りかざしました。

そう。

この愛のビンタを贈ることこそ、私が最奥に来た理由。

腐り続ける林檎ちゃんに勇気と活を入れる、起死回生のビンタ。

心を震わす撞木（しゅもく）となるビンタ。

怒りのない、最後の希望のビンタ。

この一撃を捧げるための、ここまでの奮闘だったのです。

林檎ちゃんは怯えていました。そして私がこれからビンタを放つのだ、それは逃げられないし逃げたところですぐに捕まるのだと感づいて、顔を上げ、「どうぞ」と言うように、きゅっと目を閉じました。

私は、林檎ちゃんの左頰に照準を絞ります。

林檎ちゃんは、すんすん鼻を啜って震えています。

私は手を振りかざしたまま、林檎ちゃんの顔を見つめました。

泣き腫らした瞼が、ぷっくり赤色でした。前髪が張り付いて、べとべとです。右のこめかみに小さな黒子（ほくろ）がありました。洟が乾いて、かぴかぴでした。鏡で見るより、まんまるな輪郭でした。もちもちの頰でした。思ったよりも下がり眉でした。長くて太い睫毛でした。スッとした鼻筋でした。ふむっとしたへの字の可愛い唇でした。顎の下に、幼稚園で転んだ時の傷痕がありました。

手に、ぐっと力を込めます。

さあ、やるぞ。

張るぞ、張るぞ。

さあ、いくぞ、いくぞ、と林檎ちゃんの顔を見つめているうちに、色々、色々、押し寄せてきて——。

ふと息を吐くと、己の両眼が、意志を持った別の生き物になってしまったように、ボロボロボロと涙を零しました。

「……？」

林檎ちゃんが薄目を開けて、私を窺いました。

私は、ワッ、と泣きました。

コタツから飛び下り、林檎ちゃんを抱きしめました。


誰が。

誰が、殴れるでしょうか。

熱い涙が無尽蔵に流れました。私はわんわん泣きながら、「本当は、あなたのことを抱きしめたかったの。ずっとずっと、こうして抱きしめたかったの」と叫びました。

「あのう、あのう」と狼狽える林檎ちゃんにお構いなしに、傷が痛むのも知らず、私は抱きしめた腕の力を緩めることなく、声を上げて泣きました。

胸の中に、林檎ちゃんの優しい体温が感じられました。それだけで私は、ここまで来て本当によかったと、命を投げ打って本当によかったと思えました。

『こころ』に達してから、どれくらい経ったでしょう。

泣きすぎてくらくらしていると、林檎ちゃんがココアを淹れてくれました。

私たちは寄り添ってコタツに入り、静かにココアを飲みました。甘いココアでした。

「ふふふ」と私が笑うと、林檎ちゃんは「なあに？」と首を傾げました。

「林檎ちゃん。私、ずっとあなたに会いたかったのよ」

「あなたは……いろりさんは、どこから来たの？」

「あなたの中から」

「わたしの中から？」

「そう。あなたの知らない、あなたの中から」

「……へんなの」

「ね。へんなの」

林檎ちゃんと私は、顔を寄せ合ってクスクス笑いました。

ああ、この夢の時間がいつまでも続けばいいのに。

でも……そうも言っていられない。この場所に長く留まるということは、林檎ちゃんの自我に干渉し続けるということです。早く目的を果たさなくてはなりません。

私はショルダーバッグから、伊草論文を取り出しました。

「なあに、それ」と、林檎ちゃんは目を丸くします。

私は伊草論文を紐解きながら、林檎ちゃんを励ましました。もうビンタを打つつもりはありません。

どうか、彼に気持ちを伝えるだけでもして欲しい。

それだけで、何かが変わる。

必ず変わる。

そのようなことを言いました。

「怖いの」

林檎ちゃんは呟きます。

「もし伊草君が内田さんと付き合っていなくても、告白して、伊草君に嫌われたらって思ったら、怖くて怖くてしょうがないの」

「伊草君は、林檎ちゃんを嫌ったりしないよ。彼はそんな人じゃない。それは林檎ちゃんが一番わかっているでしょう」

「でも、もし、ごめんなさいって言われたら……」

「いいじゃない。ごめんなさいって言われても、死にはしない。死んだように生きている今よりずうっとマシ」

「ごめんなさいって言われたら、わたし、今より引きこもっちゃうかも……」

「その時は、私がまた寄り添いに来るよ」

「でも、そもそも、やっぱり、伊草君が内田さんと付き合っていたら……」

「そんなことは、もうハナから関係ないんだよ」

私が言うと、林檎ちゃんはきょとんとしました。

「林檎ちゃん。手練手管に姑息上等、恋はいつでも早い者勝ち、奪ってナンボの俠客道なのよ」

「わかんない……」

「林檎ちゃんの気持ちを、伊草君に知ってもらう。それだけで幸せじゃない。伝えられるものは全て伝えて吐き出して、すっからかんになって、寝てしまえばいい。そしたら、翌朝に見る景色は必ずこれまでと色が違う。絶対にそう」

「そんなこと、なんでいろりさんはわかるの？」

私は、林檎ちゃんの手を取りました。

「あなたの誰にも言えない悩みを、全部、私たちはわかってる。なにもかも、あなたのことはわかってる。だって、あなたは私。私は、あなた」

部屋の壁が、ムクムクと波打ちました。

本棚から本が溢れ、照明がぐらぐら揺れ、カップが倒れてココアが零れました。

「あなたには、私が——私たちがついてる」

ゴゴゴと重々しい音と共に、部屋が振動し始めました。

林檎ちゃんの目に、輝きが灯ります。

どんな夜にも負けない、決して惑わない輝き。

良かった、と思いました。私は役目を全うできました。この光を灯すために私は生まれたのです。手首につけていた『きんこじゅちゃん』が、ガランと音を立てて外れました。

ああ、お別れです。これでお別れです。

あまりに短かった。

父、母、あまど、ピロリン。お元気で。

もっと、家族と、林檎ちゃんといたかった。

ガタガタと窓が鳴り、忙しなく左右に揺れる照明がパッパパッパッと明滅します。どかんどかんと家具が倒れました。

部屋の中で、嵐が生まれようとしているのです。

「私、できるかな？」

林檎ちゃんが、私の手を強く握り返しました。

「できる！」

私も更に強く握ります。

「できるよ！」

そして、これが林檎ちゃんと交わす最後の会話となりました。

「どんなことがあっても、私たちはあなたの味方。一番の味方！　ずっと傍にいるからね！」

南側の壁を覆っているカーテンがひとりでに開き、隠されていた巨大な窓が開け放たれました。

その先には、何もない、青すぎる空が広がっています。

コタツを中心に大風が巻き起こり、部屋をぐるぐると掻き混ぜました。

私は家具や本やぬいぐるみと共に竜巻に飲まれ、窓からぽーんと放り出されました。

お別れを言いたかったのに、そんな暇はありません。

ぐるぐる回る最中、一瞬だけ、パジャマを脱ぎ捨ててマフラーを巻き、空っぽになった部屋から飛び出していく林檎ちゃんの背中が見えました。「頑張れーっ！」と叫びましたが、届いたかどうかはしれません。

「頑張れーっ！　頑張れーっ！」

それでも私は叫びました。

空へ飛び出した竜巻は、収まることなく私を上空へ連れ去りました。ぐんぐん上昇していきます。

私は、己の命の終わりを覚悟しました。この大風が消えた時、私は落下します。どこか地面があるのならそれまでですが、もし、永遠にこの空が続いているとしたら、私は寿命までひたすら落下し続けることになるでしょう。

それは嫌だな、できるならサッと終わらせて欲しいなと考えていると、不思議なことに、一向に竜巻の消える気配がありません。それどころか、私を上空に押しやるうちにその勢いが増しているようにさえ感じられます。顔面にほぺぴょんのぬいぐるみが飛んできて、くらくらしました。酔って戻しそうになっていると、ちらちら視界の端に映るものがあります。

それは、見覚えのある円形の足場でした。私と司令が殴り合った場所です。

竜巻は天に伸び続けます。

そのうち、私と同じく竜巻の中でぐったりしている司令が見えました。司令も竜巻に飲まれたようでした。

「司令！」

呼び掛けますが、当然届きません。

ぐんぐんぐん、上へ上へ、そうやって昇っていると、「バキン」という何かが壊れるような音がして、頭上からたくさんの瓦礫が降ってきました。

続いて零れ落ちてきたのは、水。ザアザアと風の中で水滴が散っていきます。少しして、海をひっくり返したみたいに途方もない水量が落ちていきました。

そしてとうとう竜巻が天井を貫いた先にあったのは、暗く、広い空間です。はじき出された勢いで壁に体を打ち、うずくまって咽せていると、左目の閉じた司令が私の肩を支えました。

彼は私を見て、小さく頷きました。

そこは、水の引いた大脳司令室でした。すっかり萎んだボートの上で寝転がっていた署員たちが、まるで幽霊でも見るような目で、私と司令を見つめています。

瞬間、どこからかブワッと大風が吹いてボートと署員がひっくり返り、司令室に爽やかな空気が渦巻きました。

その風は、林檎ちゃんの希望の息吹です。

細胞に情熱を宿す風でした。

左胸から、脳へ。

脳から、全身へ。

息吹は五体を駆け巡り、涙の海を『こころ』の空へ排水し、腐った署員たちをのべつまくなし照らし出します。

司令室の照明が目に痛いほど光り、室内は昼のように明るくなりました。体内環境早見表には、全身の上にただひとつ大きく『浪漫（ろまん）』と表示があります。各机に設置された神経糸でんわがポーッと蒸気を噴き、室内が一気に熱されました。

眼球モニターに浮かんだのは、靴を履き、玄関のドアに手を掛け、今にも家を飛び出さんとする現実の光景です。

ボロボロになったマントを引きずって、司令がお立ち台に立ちました。

「……諸君。今、林檎ちゃんは、伊草君に想いを伝えに行こうとしている」

署員たちが、ごくりと喉を鳴らします。

「俺たちのすることは何だ。決まってる」

司令は署員を見回し、言いました。

「林檎ちゃんを助け、応援してあげるのだ！」

結束の咆哮が木霊し、熱気が迸（ほとばし）ります。

全器官のしなぷすの雄叫びが、地鳴りのように響いてきました。

「総員、散開！」

司令が高らかに叫び、眼球モニターの前に集まっていた署員たちが、蜘蛛の子を散らすように持ち場へ駆けました。

林檎ちゃんは、夜の住宅街の静寂を切り裂いて走ります。

腕時計を確認すると、午後九時四十二分。

伊草君がアルバイトを終えるまで、時間がありません。慌てて出たので、長袖のTシャツにマフラーを巻いただけでしたが、全身が炎になってしまったかのように熱くてたまらない。汗腺部署がバルブを捻って汗を出します。冷たい空気が肺に入ってきます。鳶職トローチ部署が喉に粘液を噴きつけます。全員でそこらに溜まる乳酸をスコップで掻き出します。各署の火室はエネルギーを燃やし、肉体が躍動し、骨が軋み、巡る血液が洪水のような音を立てます。

「きばれ、しなぷす一同！」

司令が腕を振り回します。

「死んでもいいと思って動け！」

走りながら、林檎ちゃんは吠えました。荒い息遣いが白い呼気となって後方へ消えます。過ぎていく冬の風。空を見ると、嘘みたいに綺麗な満天の星がありました。三日月を黒い鳥が横切ります。

路地を折れた先は、煉瓦敷きのアカシアの並木道です。

林檎ちゃんは一度も立ち止まりません。走ることによる振動が、司令室にもがつんがつんと響きます。

ひたすら一路に行くと、歓楽街が見えてきました。

林檎ちゃんは、人の波へどうと飛び込みます。酔客にぶつかり「ごめんなさい！」と謝りながら、それでも止まらず、鳴り響く歌謡曲とネオンの輝きの中を走りました。

大通りを抜け、道路を横切り、しんとした小道を駆けます。蹴飛ばしたバケツが塀に打ち付けられ、野良猫が驚いて飛び上がりました。落ち葉を巻き上げ、往来の人の訝しそうな視線も何のその、街の西へ、林檎ちゃんは走ります。

「頑張れーっ！」

気炎万丈、私たちは声を揃えて叫びました。

「頑張れ、頑張れ、林檎ちゃんーっ！」

小道の先、踏切の向こうに、橙色の灯りをはたはたと零す喫茶店が見えました。

店の前に、牛乳ケースを片付けているエプロン姿の伊草君がいました。

いた、と安堵したその時、全速力で来たために乳酸塗れになった両脚が、がち、ともつれました。

「アッ」と、全署員が、声にならない声を上げました。

一瞬で、全身の均衡が崩れました。

体が大きく傾ぎます。

目の前が、真っ暗になりました。

転ぶ。

倒れる。

額から地面に激突する。

手がつけない。

受け身が間に合わない。

全身に絶望が満ちた、
瞬間。

がつん、と林檎ちゃんは左方へ大きく傾きました。

どうん、と心臓が跳ねました。

この骨と筋肉の叫びは、
その場所は。

もう駄目だと誰もが思ったその時、どの器官よりも強く、林檎ちゃんの体を支える部位がありました。

体内環境早見表に、金色の丸がついている箇所がありました。

それは、左足の薬指。

決してこの身を転ばせはしない、倒れさせはしないと、左足の薬指が、がっしりと大地を摑んでいました。

続いて脚が再び肉体を支え、体幹の均衡が蘇生し、署員の希望が息を吹き返します。

今、ここではない場所で汗に塗れて歯を食いしばる父の顔が思い起こされ、私は叫ぶしかありません。

「頑張れえーっ！」

伊草君はすぐに林檎ちゃんに気付いて、「あれ、林檎さん！」と驚きました。

彼は牛乳ケースを置いてこちらに駆け寄り、線路を挟んで林檎ちゃんと向かい合います。

「どうして、こんな所に林檎さんが？」

林檎ちゃんは息を整え、左胸に手のひらを当て、深呼吸しました。

署員は、声も呼吸も瞬きも仕事も忘れて眼球モニターに釘付けになり、その様子を見守ります。

司令室に、痛いくらいの静寂が満ちました。

林檎ちゃんの吐く息が白さを失うほど肺が冷えて――

その時、警報機の音が鳴り、遮断機が下り始めました。

私は、つい先ほどまで林檎ちゃんと繋いでいた右手を左胸に抱き、壊れるくらいに祈りました。

頑張れ。

頑張れ。

頑張れ。

三度の深呼吸の後。

「伊草君」

林檎ちゃんは、そっと口を開いて、

「好きです」

伊草君の、見開かれる目。

林檎ちゃんの、震えのない声。

「あなたが好きです。大好きなんです」

ゴオッ、と、目の前を電車が走りました。

生暖かい風が吹きました。

ひっついた前髪が微かに靡(なび)きました。

車輪が一定のリズムで枕木を踏む音。

林檎ちゃんは目を開けたまま、電車が過ぎるのを待ちました。
やがて電車が通り過ぎ、警報機の音が止み、遮断機が上がっていきました。
辺りは静かになりました。
伊草君が立っていました。
林檎ちゃんは、線路の向こうの伊草君の瞳をじっと見つめました。
伊草君は、無表情でした。
彼は目を閉じ、三度、深呼吸をしました。
そして目を開け、ゆっくりと微笑みました。
「僕もさ」

「鳥肌スイッチ、オン！」
司令が表皮部を指差し、担当署員が卓に設置されたボタンを叩き押して、林檎ちゃんの全身に鳥肌が立ち、歓声が爆発し、書類が舞い、指笛が鳴り、拍手が響き、足踏みが割れ、涙を流して抱き合う署員、握手する署員、呆然とする署員、伏して号泣する署員、笑う署員、静かに頷く署員、跳ねる署員、頭を掻き毟(むし)る署員、飛び交う七色

のカラーテープと紙吹雪、「しんじられない」と心緒を表す大脳メインコンピュータ、ぽぽぽぽんと生え出すチューリップ、天井からザアザア降り出す金の粉砂糖、ボトボト落ち出す板チョコとラムネ瓶とレモン、ころころ転がる無数のほぺぴょんのぬいぐるみ、うねるまんが日本昔ばなしの昇り龍、その上に乗る小僧の鳴らすでんでん太鼓、ぽんぽん弾ける桃色の点描、打ち震える細胞、全器官から津波のように押し寄せる歓喜の声、脳天に突き抜ける喜びの衝撃――。

「おめでとう、林檎ちゃん！」という、全しなぷすの合唱。

◇

どんちゃん騒ぎの間を縫い、私はお立ち台に立つ司令の元へ行きました。

「司令」

司令は突っ立ったまま、伊草君と林檎ちゃんが握手をする様子が映る眼球モニターを見つめていましたが、私に気付くと、ぷいと顔を背けました。

「ね、司令」

私は涙を拭いながら「あはは」と笑いました。

「……」

「こんな時くらい、いいじゃないですか」

司令は私を見つめ、しばらく固まって、ふと天を仰ぎました。それから項垂れて、肩を震わせ、眉間に皺を寄せ、洟を垂らし、声を殺して、ぽろぽろと泣きました。

私が毛ホーに着いた頃には、もうたくさんのしなぷすが来場していました。ホール内には喧騒が満ちています。

全器官の幹部と、各界の著名しなぷす。そして受彰署員の家族が座る客席列のちょうど中央に、母とあまど、それからピロリンの姿を見つけました。私が「おうい、お母さん、あまど、ピロリン！」と手を振ると、母が「いろり、こっちこっち！」と答えました。

私は家族の元へと歩み寄りました。

母は、嫁入りの際にあつらえたという着物を着ていました。「もうこんな時しか着る機会ないかいね」と、頬を赤くします。あまども格好良い黒ジャケットと蝶ネクタイで決まっています。ピロリンの頭らしき部分には、水色のリボンがついていました。

舞台には演説台と数列のパイプ椅子が並び、両脇に豪奢なナトリウムの生花が飾ってあります。大きな吊り看板には『恋愛成就記念・特別表彰式』とありました。

私はドキドキしました。

あの告白から、数日後。

今日は、林檎ちゃんの危機を救った左足薬指部の表彰式が行われるのです。

母、あまど、ピロリンと顔を寄せ合って「楽しみ楽しみ」と呟いていると、どこからともなくアナウンスが聞こえてきました。

『それでは、表彰式を開始致します。左足薬指部の署員の皆様に、盛大な拍手を』

袖から、スーツを着た署員がぞろぞろと現れました。

拍手喝采が響きます。

二十数名ほどのしなぷすの中に、緊張した面持ちの父の姿がありました。「お父さーん！」と私は手を振りました。父は恥ずかしそうに小さく手を振り返します。

署員たちが一礼して着席し「司令より、感謝の意を表すスピーチです」と案内がありました。

下駄を鳴らして司令が登壇し、演説台に立ちました。左目にあてた黒い眼帯に、わずかにどよめきが上がります。司令は気にせず客席に一礼し、そして薬指部署員に一礼しました。

司令は客席を見回し、緩やかに話し始めます。

「踏切の先に伊草君が見えたあの時、バランスを崩した林檎ちゃんに、もはや誰もが諦念した。しかし、そんな中でも最後まで諦めず、窮地を救った者たちがいる。――左足、薬指。堅いアスファルトを粉砕せんばかりに雄々しく大地を摑んだ君たちの雄姿は、必ずや後世にまで語り継がれよう」

拍手。

「この部署だけではない。脂肪鉱員。大脳司令室。全器官の署員。君たちの、林檎ちゃんへの愛に深く感謝する」

マイクを通して、司令の声が響きます。

「そして、俺はここで謝罪したい。俺というしなぷすの矮小(わいしょう)さと、そして権力者にあるまじき、下らぬ差別意識について。左足薬指諸君。直截簡明に申し上げる。俺はこれまで、君たちを侮蔑していた」

ざわめきが満ちました。

司令と同じ思考を持っている何人か、……何十人か、何百人かのしなぷすが、胸を摑まれたように客席で顔を伏せました。

父は、母は、私は、真っ直ぐに司令を見つめます。

「だが、俺はようやく気が付いた。林檎ちゃんへ抱く愛は、みな同じ。そこに嘘偽りはない。ただの生まれで、何を隔てる必要があるというのだ。林檎ちゃんの体内にいるしなぷすは、全員、最高のしなぷすだ」

壇上の父が眉間を摘み、
母がハンカチで目元を拭う。

「俺は俺を恥じる。すまなかった」

司令は、深く頭を下げます。

そして、次に顔を上げた時、司令は、私に視線を向けているように感じられました。凛としながらもわずかに口角を上げるその顔が、私には、どこか先代と似ているふうに見えました。ふと、すぐ近くで、薄荷の香りがしたような気がしました。

「俺は左目を失ったが、代わりに大きなものを得た。左目を失わなければ見えぬものがあった。それは何か。浪漫である。この林檎ちゃんを支える我々の、最後の希望は浪漫である。俺は、感情論ばかり押し通そうとする、品も慎みもない新人署員に、それを教わった。その新人署員は喧嘩っ早く、まるで女しなぷすにあるまじき素質であるが、ただその胸に秘めた浪漫だけは、この体内に存在する全しなぷすの中での明星だ。できると思えたらできる。行けると思えたら行ける。伝わると思えたら、伝わる。それが浪漫だ。

しなぷすは、浪漫で生きていける。それだけで、どうとでもなる。失恋を容易く覆せる。恋を簡単に成就させられる。浪漫の素晴らしさ。我々しなぷすは、大いなる浪漫を抱き、これからも林檎ちゃんを支えていかねばならぬ。……」

林檎ちゃん。

あの時、私を自我に取り込まずに生かしてくれたのは何故ですか？

そのことが、今も気になっています。ブロッコリーの妖怪みたいだった私を取り込むのが怖かったのでしょうか。それとも、私を取り込んだところで何の利益もないと思ったのでしょうか。

いえ……そんなに深い理由なんてないのかもしれませんね。「なんとなく」という、あなたの声が聞こえるようです。

◇

そして、ほら。

やっぱり、伊草君と内田さんは付き合っていなかったでしょう？

告白をした帰り道、「内田さんは僕の従妹さ」と聞いたあなたの、きょとんとした顔ったら。まるで手品を見せられた子どものようでしたよ。これも思い返せばとても可愛らしく、そして滑稽で、いつも笑ってしまいます。あの後、司令室ではその時の林檎ちゃんの顔の物真似がちょっとした流行になりました。飲み会などでは鉄板です。

そうそう。告白といえば、メガネ・ボーイとこいきさん。何やらふたりは、知らぬ間にいい感じになっています。よくよく話を聞けば、実はこいきさんもメガネ・ボーイに一目惚れしていたみたいです。これを運命の赤い糸で繋がれたふたりと言うのでしょうか。お酒の神様が繋いだ縁のように思えます。

表彰式終了後、舞台袖で司令と二、三言、会話をしました。左目につけた黒い眼帯を見て、私は罪悪感でいっぱいになりましたが、司令は「全く気にしていない。それに眼帯、なんだか威厳があって素敵ではないか」と、度量が広いのかアホなだけなのかよくわからないことを言います。仲直りの言葉はありません。殴り合ったと言えど、あれは喧嘩ではありませんでしたから。ええ。

司令についてこれ以上書くのは気恥ずかしいので、もう、やめます。

それから。

それから、体内におけるヒエラルキーも変革の兆しを見せています。まだ完全とまではいきませんが、左足の薬指に対する偏見が減少したのです。まず道を歩いても向けられる視線の種類が変わりましたし、政治的にも差別を撤廃するための討論会が開催される運びとなりました。

その首尾の陰に、司令のあの演説があることは言うまでもありません。

こうして少しずつ、林檎ちゃんの役に立たないしなぷすなどいないと知られていくことで、いつかきっと、本当に調和のとれたしなぷす社会が形成されるのでしょう。

私の処分は未定ですが、そう信じて、何があろうとこれからも邁進していく所存です。

◇

毛ホーを出、家族と別れて帰宅直後に書き始めたこの手記にも、どうやら終わりが来たようです。春から冬までぐるりと回想し、何だか懐かしい気持ちになりました。

時刻は既に朝の六時を回っています。

カーテンの隙間から差し込む陽の光。

さあ、林檎ちゃん。

今日は、伊草君とクリスマス会ですね。

楽しみですね。事情を知るなり、誰よりも喜んで、当たり前のように身を引いてくれた百枝先輩に感謝です。どんな服を着ていくのですか？　どんなものを食べて、どんなことを話して、どんなことを感じて、どんなことを思うのでしょう。

あなたに素晴らしい日々が続けばいいと祈ります。

あ、私たちに気を遣う必要はこれっぽっちもありませんよ。あなたはあなたが思うままに、これからも目の前の広大な時間を楽しんでください。たくさん笑って、たくさん泣いて、たくさん食べて、たくさん眠って、たくさん恋を満喫してください。いつかも言ったことですが、あなたには私たちがついています。

あなたの幸せを願う、私たちがついています。

もし辛いことがあったなら、目を閉じて、静かに耳を澄まし、その内でやんやと騒いでいる私たちの声を聞いてください。そうして願わくば、私たちに助けを請うてください。私たちはへっぽこですが、でも、あなたのことを、この身を賭(と)して守ります。あなたの幸せを脅かすのであれば、伊草君だってぶん殴りに駆けつけてみせますよ。

そしてまた、いつか『こころ』の中で会えたらいいですね。きっと林檎ちゃんは覚えていないでしょうが、あの時間は、私の人生で一番の宝物の思い出です。もう一度、今度はいっぱい、お喋りしましょうね。

手記では収まらないほどに、話したいことがあるんですよ。


それでは、今日もあなたに素敵なことがありますよう。

そして、この手記がいつか、あなたの目に触れる日を想って。


私の愛する、林檎ちゃんへ。

私たちの愛する、林檎ちゃんへ。

了

本作品は当文庫のための書き下ろしです。

本作品はフィクションであり、実在の個人・団体などとは一切関係がありません。

文芸社文庫

林檎ちゃん　体内工場奮闘記

二〇二三年八月十五日　初版第一刷発行

著　者　道具小路
発行者　瓜谷綱延
発行所　株式会社　文芸社
〒一六〇 - 〇〇二二
東京都新宿区新宿一 - 一〇 - 一
電話　〇三 - 五三六九 - 三〇六〇（代表）
〇三 - 五三六九 - 二二九九（販売）

印刷所　図書印刷株式会社
装幀者　三村淳

ISBN978-4-286-24116-6

［文芸社文庫　既刊本］

伊藤英彦

サジュエと魔法の本　上

赤の章

魔導師として名高い祖父を持ちながら、魔法が苦手な少年サジュエ。祖父宅で不思議な赤い本を見つけたことから、その本を狙う何者かに追われることになる。勇気と友情の本格ファンタジー。

伊藤英彦

サジュエと魔法の本　下

青の章

国際魔導師機構は暴走する各国を止めるため、戦場と化す城へ向かうが…。サジュエは魔法の本を守り抜き、邪導師の野望を阻むことができるのか？　サジュエと仲間達の最後の決戦が始まる。

宇賀神修

フェルメール・コネクション

フェルメールの絵に隠された〝鍵言葉〟と、第二次大戦の封印された事実を探る新聞記者の森本は、ロスチャイルド家とナチ残党の暗闘に巻き込まれていく。史実と虚構が織り成す壮大なミステリー。

忍足みかん

#スマホの奴隷をやめたくて

〝いいね！〟のために生きていたSNS命の20代女子が、七転八倒しながらも、スマホを手放すことに成功した、笑いと涙と共感のエッセイ。文庫化にあたり忍足流デジタルデトックスも大幅に加筆。

［文芸社文庫　既刊本］

川口祐海

ニュー・ワールズ・エンド

巨大組織の陰謀によって富士山が大噴火を起こした。立て続けに起こる原発事故、ウイルス拡散。秘密を握るキーマンとして組織から追われる研究者、その三つ子の娘達に人類の存亡が託される。

黒淵晶

アポカリプスの花

一緒に暮らして7年になるのに、葉子は恋人・政博の本心を掴めないでいた。ある日、政博の過去を知る男が現れ、その頃から葉子の日常は違和感に侵食されていく。新感覚のファンタジック・サスペンス。

深堀元文

前世療法探偵キセキ

若き精神科病院長・小此木稀夕は、ある女性から体験させられた「過去生返り」で3つの事件を見る。それは現世で起きた「立春の日殺人事件」とどう関わるのか。現役精神科医が描くミステリー。

六角光汰

太陽系時代の終わり

2270年、超高度文明の遺跡から未知の機器が発見された。宇宙進出に向けた実用化の実験中にアクシデントが…。人間とテクノロジーとの関係を描いた第1回W出版賞金賞の本格SF小説。